大地的掌紋

陳月霞

目次

卷三 狗臉的歲月

推薦序

上了一堂自然課

王小棣

從第一天認識陳月霞和她的尪陳玉峯，就在心裡恭奉他們為我的嚴師了。嚴，不是他們的道貌或教學，而是他們實踐自己生命信念的恭謹、勤奮和執著，是帶你上山你氣喘如牛時他們面不改色地指樹指花如數家珍，是他們家居生活讓落葉四散的沉靜和儉約，他們的田野功課從自然生態做到民間信仰，永遠那麼好奇、熱情、絲毫不苟並且鉅細靡遺、不吝分享。二陳平常看似有知識分子的驕傲與矜持，其實是滿滿的赤誠與虛懷。

我真的是沒有資格為嚴師月霞寫序的，這裡面好幾篇對我還是像自然課一樣的軟硬兼備，必須細嚼慢嚥啊，哈哈。

二〇一七年八月一日

（王小棣，導演，「植劇場」總監）

推薦序

將自然寫成生活的平常

陳玉峯

華文自然散文，難得一本如此之深，卻又可輕鬆瀏覽的書。

陳月霞《大地的掌紋》自然散文集，下筆時程前後超過二十多年，但演化的經歷，則跨越一甲子歲月。她打從娘胎，就在深山霧林內吐納；她過了花甲之年，卻下海深潛，且背起行囊獨自浪跡異國。她不只水肺潛水、自由潛水，還踏板衝浪；她背起背包，遠走紐西蘭，獨自一人，譜寫一步一腳印的流浪者之歌；她獨闖北海道驅車與狐狸邂逅，隱匿森林與眾生吸納雪國之春；她潛泳湛藍愛琴海，沐浴暮春冰冷的浪漫情海；她橫走阿爾卑斯山，細數高山植物在原鄉的容顏；她前往非洲肯亞全球愛滋最嚴重的地區當義工；她走過的台灣高山也就不消說了……。

她不是走馬看花，她看得入骨、入髓、入魂、入魄。一九八〇年代，攝影大師莊明景看過她的攝影作品之後，有感而發：「怪怪，明明走過同樣的路段，她怎能看到我都看不到！」的確，她的文字也一樣，當別人猶賣力捕捉自然，她卻已將自然寫成生活的平常。

誠然，她早期的作品多少有著自然知識的重量；而後期之作，知識已內化合一、了無痕跡。我了然王小棣老師幫她寫序為何不多著墨，因為王老師是裸真率直的真性情者，王老師看明白了其看不明白處。王導演我向你敬禮！

陳月霞的書寫，沒有文化人的框架，許多場景明明正是文字玩弄的絕佳題材，她卻寧願將它藏在枕頭下，她深悟自然的奧妙。她不只慢工細活，她要的是有格有調的品味，註定的，她是自然之旅的獨者，也因此，欣賞她的文章，如果是有過深度自然之旅者，必然處處驚豔而擊掌叫好；如果是久處都會環境的人，也可以從其平易卻溢出的黠慧，獲致意外的會心，至於自然知識，則是不可勝數的邂逅。

筆者學習生態專業四十餘年，寫過自然科普或專業書籍，乃至自然文學等，至少數百萬字，認識陳月霞也達三十六年，然而，一旦細讀陳月霞的文章，還是不斷有著「莊明景之歎」！由是奉土地生界之名，誠摯推薦本書！

再者，陳月霞自從完成大部頭的《阿里山物語》歷史大河小說之後，筆者相信《大地的掌紋》這本自然散文也將如同台灣高山的針葉純林，銘記台灣人傳奇的一頁，而且，更是作者本身另階段蛻變、昇華的開始。

筆者深知陳月霞沉澱數十年至今尚未寫出的，必將是文學自然的另一新頁。

絕大多數的人生是不斷累積遭遇或成為「自我」，然後把「自我」誤解成「命運」，而「自我」與「命運」的實踐叫做「慣性」，也就是常人最難突破的「執著」！筆者從陳月霞後期的文章，窺見脫胎換骨的大破大立契機，文字底層鋪陳大化的場域。相信直覺或洞察力稍強的讀者，不難從本書的氛圍，激盪出自己的天機，瞬時喊出：啊！這就是自然、自在與自如！

（陳玉峯，生態學者；國立成功大學台灣文學系教授、主任）

自然的夢

卷一

南一段絮語

我ㄤ挖了二十五公斤的土，其中有三隻蚯蚓跟在裡頭。

土和蚯蚓一起裝進背包。

走在路上，看著背著背包搖搖晃晃的我ㄤ。我說：「那三隻蚯蚓一定覺得奇怪，這次地震怎麼搖那麼久？」

【行前】

《MIT台灣誌》行腳電視節目為紀念開播十年，麥導籌畫拍攝中央山脈全紀錄。亦即從北部上到台灣屋頂，一路高來高去，抵台灣尾。他說，趁著還能「爬」的時候，要趕快完成。

二〇一二年夏天，我們有幸受邀。之後積極鍛鍊體能。趁著還能「爬」的時候，要趕快多看一眼台灣的好山好水。

這是第三度與《ＭＩＴ台灣誌》合作，每次都是艱鉅戰鬥，但很慶幸都能親睹台灣最天成的美景。

不幸的是，積極訓練體能當中，居然傷到肌腱。腳掌肌腱急性發炎，除了接受復健治療之外，醫生再三叮嚀莫隨便走動。這下子，不但要中斷體能訓練，還須寸步不移的靜養。想來「中央山脈大縱走」已然無緣。事實上，直到過完年都音訊全無，想是取消了。

出乎意料之外，二〇一三年二月十九日接到電話，二十六日上山。換句話說，只有一個禮拜不到的準備。舊傷雖已痊癒，但難保高山行進間不復發，何況還有二〇〇九年在印尼船難的舊傷。踟躕中，禁不起阮小姐的力邀，遂放膽一試。

我們將陪走的縱走路線是中央山脈六段當中的「南一段」，計畫由南部橫貫公路進入，然後從進涇橋攀登，展開八至十天的

拍攝，最後從高雄的藤枝出來。沿途路線經庫哈諾辛山（3115m）→關山（3668m）→海諾南山（3175m）→小關北峰（3239m）→小關山（3249m）→雲水山（3013m）→馬西巴秀山（3022m）→卑南主山（3295m）→石山（2818m）→溪南山（2650m）→藤枝。

【起步】第一天與第二天

二十六日整裝拋開進涇橋，攀登向上已近黃昏，我扶搖階梯直上，將眾人拋在腦後。

二十八年前，來去此路，上行風和日麗，半途卻迎逆狂風驟雨抵避難小屋。小屋破爛，僅存尺把寬屋頂，眾人蹲縮一地，淋漓盡致地領了一夜淒風苦雨。下山時，將近

2月26日進涇橋前整裝蓄勢待發。陳玉峯／攝

兩尺落差的階梯步道，走得腿軟。當年登山皆徒手，跟登山杖很不熟，全然依靠雙膝勞挺，半途腿軟，跌了又跌。

二十八年後，同樣路徑已升等至符合人體工學的高級步道。摸黑進入太陽能提供的明亮高級山屋，這是此行唯一不用搭帳篷的一夜，今晚可安然入睡。

二十七日（第二天），霧幕中上到展望平台，卸下背包，往西下切穿越鐵杉林與松林，再往上登抵庫哈諾辛山，雲霧走散欣然看見台灣的臉。比「反暴力」手勢留影。山路破碎淩亂，難認不好走，我們有小迷路。

回到展望平台背上背包，前進東台首嶽——關山。日頭偶露臉，天氣時晴偶多雲。

二十八年前瘋狂雨幕阻斷關山路，

往東台首嶽關山前進

二十八年後在日陽與濃霧追逐中再度登臨；二十八年前帶著一顆攝影的雄心，二十八年後什麼都無所謂，走就對了。

走就對了，經過之前行進的觀照，腿部舊傷無論右膝韌帶或腳掌肌腱都屬安分。唯，氣不順。

「不要急，慢慢來，呼吸配合腳步，慢慢吸氣，慢慢吐氣。一腳踩穩，再換一腳，這樣才不會喘，不會累。」高山嚮導阿宏趨近關照。然後走在我前面，叮嚀我的步伐。我像重新學步的孩子，聽話地揣摩。

登高穿越氣勢壯闊的鐵杉林，火紅日頭增添原始林沉穩的熱情，但很快的，天幕已黑。溫度遽降，冷冽襲身。

今晚帳篷底下是凹凸堅挺的玉山箭竹叢。

【看見台灣的臉】

二十八日（第三天），一早老天賞賜波濤壯麗的雲海與日出，台灣大方露臉，東北的向陽山、新康山、鷹子嘴，乃至昨日登頂的庫哈諾辛山，皆以王者之姿，坐擁其領地。

回首發現，我湛藍的帳篷孤懸關山下，頗有遺世獨居的況味。

「如果妳／你的足跡只停留在台灣平地，那麼妳／你只踩過台灣的腳；如果妳／你上到像阿里山那樣高度的山區，妳／你只摸到台灣的腰；必須上到海拔三千公尺的台灣屋頂，妳／你才終於看見台灣的臉。」這是上到關山頂之前，我對著攝影機的發言。

是的，必須上到海拔三千公尺的台灣屋頂，才終於看見台灣的臉。才能夠體會一五四四年葡萄牙人「ILA-formosa 啊！美麗島」的驚歎。也才能開始認識台灣。

臨界關山，遙望西北，遠處玉山浮顯，高山勇士們高歌：「走過中央的山脈，遙望玉山和藍天；愛人就在眼前，許下一個心願；愛就愛到永遠，愛就愛到天涯；要和玉山一樣高，要和藍天一樣遠，今生今世不改變。」

2月28日出發往關山之前，東北面的向陽山、新康山、鷹子嘴。陳玉峯／攝

穿越關山北境修行者（玉山圓柏）的胯下，只能以仰姿「眸」拜。

過往無數次從玉山頂，東南遙望，關山浮在遙遠的雲端，那遙不可及若仙境般的神山，如今我從關山嶺地，反過來映照玉山，層峰山巒，台灣的臉，誠然入定，無垠開闊的視野中，山是如此予人安定的依靠。

登上關山之前，穿越關山北境修行者（玉山圓柏）的胯下，只能以仰姿「睟」拜。高聳入雲的玉山圓柏，皆是千年老怪，無論立姿、坐姿、舞姿或武姿，株株老僧入定。小時候常獨自深入山林，企盼尋得武林高手，拜師學藝。半世紀以來，終於知道，台灣的武林高手，各擁奇技，唯不輕易出手，亦不收徒弟。

【仙草營地——海諾南山】

三月一日（第四天）掀開帳篷，映入眼簾的是東台灣的大山大海。海，是雲海。太陽多此一舉地遮著雲，故弄玄虛地向大山大海照射萬道光芒，山不必動，光是翻騰的雲霧，劍鋒般的刀光，便讓眼前的景致地動山搖起來。

相較於東台的熱情，西部台灣卻在烏雲密布的天頂蓋下，出奇陰森詭譎。

我們紮營在關山南麓的仙草營地，從這裡看過去，關山像極了一頂平放的斗笠。我想到布袋戲，神祕武林高手，一旦露臉，旋落入平凡。

中央山脈沒有「仙草營地」，二〇

3月1日仙草營地，背後的關山如斗笠。陳玉峯／攝

一三年的二二八「仙草營地」出現了。

這片廣袤的箭竹草原，幾窪陷落的凹坑蓄積了水，勇士們省去長途跋涉尋水背水的辛勞。只是這飲用水，無論怎麼過濾都烏黑如仙草，大夥兒遂將此地命名為「仙草營地」。這其實是苦中作樂，因為大家心知肚明，「仙草」毫無疑問是鹿便便。煮出來的米飯多了顏色也多了味道，飯只有一鍋，吃了就對了。

整裝出發時，西部台灣的烏雲已濃得化不開且向「仙草營地」入侵，廣袤的箭竹草原繼續往我們即將前進的山系蔓延，這表面溫和光鮮的山頭，晴朗與風雨之間，迥異若天堂與煉獄。

還好的是，直到下午登上海諾南山，除了雲霧濃罩，視線受阻之外，大夥兒也戲足了當攝影師的癮。

只不過，久無人跡的山路，「地主」派出天兵天將要回領地。原本山徑兩側箭竹叢中間的山路，幾乎被箭竹覆蓋，每跨一步就要跟低矮的箭竹借路。但是若擋在路中央的是像刺蝟般的刺柏，就沒人敢招惹，只能識趣地繞道而行。

戲當攝影師。陳玉峯／攝

【小關難纏】

三月二日（第五天），過小關北峰再到小關山，我雙腳都濕了，下到岔路，請攝影助理柏倫遮傘，脫下濕冷的手套與鞋襪，除去脫落的腳底護帶（上山唯恐舊傷復發，不得不做護足），再啟程，天昏地暗，霧雨茫茫，濕漉漉氣的眼鏡，雪上加霜。

沒多久，前面的人已走遠，所幸後面還有藍教官、小田等二人。

我的步履越來越吃重，幾乎到寸步難移，但除了繼續前進，沒有第二種選擇。

前面進入風口地帶，雖然體重已比平常多了四公斤，且還有背後負重的背包壓身，但強勁的狂風，讓我毫無招架餘地。

我ㄤ在前方，他離我越來越遠，我只能靠自己穩住步履。但即便壓低身體，還是頻頻被吹倒，踉蹌蹉步，幾番止住，幾番強度……

我覺得我已經虛脫，已經麻木，只是為了安全起見不能停止移動，無論如何，務必要趕緊通過要命的風口。

風繼續狂瀉，我想到我上山之前留給女兒的遺囑，難不成這次真的躲不過劫難？不行！我還有未完的志業，寫了二十年的書尚未完成。

山神祢不要帶我走，現在還不是時候，祢叫風不要再狂吹，我快不行了，求求祢，我真的還不能跟祢走……一路上我念念有詞……

但山神顯然沒有聽到我的聲音，狂風續飆，天色越來越昏暗。

山神不救我，我想到還有高山嚮導，過去在山裡，我們入夜還未抵達營地時，先行高山嚮導都會回頭來接人。但是，這一趟不同，這回人人都是高山上的菁英，他們已經走過中央山脈最艱難的五段，這一段對他們而言，想來一點也不足為懼，更不用回頭找人，因為沒有人需要被找……或是，這狂暴刀風，稍早他們經過時還沒發生，所以他們根本不知道我們正遭遇困境！

無論如何，我必須咬緊牙關，走就對了！

眼看我頻頻被吹離路徑，我ㄤ等到我，牽起我的小手，這一牽反而讓我重心更為不穩。果不然，才跨出幾步，我就被吹倒，整個人連背包又是撲又是趴地跌入路旁的箭竹叢裡。很徹底地全然撲倒，臉上一陣刺痛，我知道免不了皮肉傷。但更糟的是，我已經完全沒有力氣起身，我似乎想要放棄！任憑我尢如何使力，我都動彈不得。還好後面藍教官與小田及時趕上，才和我尢合力將我抬起拉回路徑。

而此時我背包上的遮雨布業已掀開，隨颶風猛烈飄打，我邊走邊拉遮雨布，但遮雨布頻頻掀開，背包都濕了；同時我尢的背包遮雨布也掀落開來。我們兩人邊走邊拉遮雨布，讓原本艱鉅的行進更加困頓。我索性放下背包將遮雨布繫牢。

天色越來越黑，藍教官催促我們要走快些，「等天都黑了，就更難走了。」他說。

我也知道，天一旦暗下來更難走。問題是，就走不快啊！我何嘗不想走快！何嘗不希望早點到達營地！

說要走快，卻越走越慢。天果真黑了，藍教官建議戴上頭燈。

我戴上頭燈，路隱約出現，風雨中繼續趕路，可是即便戴上頭燈，前路也無法辨識，以至於頻頻誤入歧途，而被藍教官等人頻頻喚回……

就在一片混亂中，前面出現一些人。是前面的成員。他們都已戴上頭燈，發現我尢沒戴頭燈。我尢說跟在我後頭尋我的燈光即可，但如此一來讓行走的隊伍更行凌亂，最後在眾人的堅持下，他才找出頭燈。而當他戴上頭燈走到我前面時，他的登山鞋與腳步變成我在濕滑朦朧的山區唯一可依循的途徑……

但沒多久他就走遠，我旋迷了路徑……

怎麼了？天地到底在何方？前景到底是什麼？我的意識是否還清醒？到底還要迷離夢幻多久始能見到曙光？我在心底吶喊，不知道自已是否能繼續撐下去……

……【莒光日】……

二〇一三年三月二日，熬過白

日狂暴風雨肆虐，抵營地，接到阮小姐遞給熱薑湯與熱淚，霎時讓人回溫不少（我年齡較大，不好叫阮姐）。

只是接下來又似神鬼交鋒……

帳篷外風雨交加，帳篷內寒水滲漏，咱這頂兩人帳，防風尚可，遮雨屬難；換句話說，即便躲進密閉的帳篷，保暖保濕皆不可得。更糟的是，連日來睡地雖都凹凸不平，但卻沒這回折騰。這次地面（頭腳）高低落差大到只要躺下，就無法避免往下滑落，只好將能塞的東西都塞在腳下，以阻止滑出帳篷外。

上山至今，雖沒一夜好眠（這是登山常態），但這一夜卻徹夜未眠，不僅擔心滑落的問題，最煎熬的是陣陣疼痛與發麻到不行的雙腿。

我不斷掀開睡袋，將雙腿高舉按摩，好幾次都衝動地想找隨隊醫生看診。由於深恐雙足就此麻掉廢了，一夜憂心忡忡，好不容易熬到天亮，腿麻未消，但至少雙腿還活著，醫生說，是高山症的症狀。正擔心，如何能繼續趕路？傳來好消息，三月三日休兵，來個莒光日。

（第六天）莒光日不能只飲酒作樂（有威士忌和烏魚子……感謝阿宏……）

源於這一路上布農族阿清以保護山林為藉口，附加控訴水鹿強盜劣行，不斷遊說我們讓他們獵殺破壞森林和素行不良的水鹿。

於是乎，莒光日，就來場決定水鹿生死的辯論。

我們的任務是幫不會說話的水鹿，爭取生存的空間，與確保族群繁衍的機會。開放狩獵其實是很嚴肅的議題，這不是誰贊成誰反對的選項。我長期為人類的原住民說話，現在發現，更需要為非人類原住民仗義執言。至於原住民傳統狩獵文化能否保住？也需要嚴謹對待與遵守。不是我們去遵守，是要原住民自己去遵守，而且是用實際行動去遵守。

辯論會進行之前，阿清說，「你們的口才那麼好，那麼會說話，我們一定辯輸你們……」事實上這個辯論沒有真正的贏家，有的只是娛樂效果，就效果而言，阿清與藍教官強多了。

【山神的試煉】

三月四日（第七天），經過淺草坡鞍部營地前營地的養精蓄銳，理當精神飽足，但事實上數夜無法入眠，身心俱疲，且天氣並無好轉，但願不要再遭遇之前的狂風暴雨。今天要趕落差大又遠的路。整裝之後，重新穿上濕冷的鞋襪，套上厚重的雨衣，不知誰拿錯雨褲，我穿到空蕩超大的雨褲，倉促間抓來繩子綑綁下盤。

同樣下雨颳風濃霧，溫度幾乎降到冰點，山路難行，箭竹幾乎淹過頭頂，手腳並用，邊走雙手邊撥開濕重箭竹，明明是走路，動作卻像游泳，上到馬西秀巴山時，我已經冷得顫抖。接下來下坡路段錯錯落落大小巨石濕滑窒礙難行，這樣的山路即便最勇猛的攝影師都頻頻滑倒。

接近石洞我全身顫抖，冷到發慌，鏡頭正在運作，我是路人甲，聽從導演指令，跟著大夥兒在大石堆中一次又一次來回下切上攀，接著排排站在石洞前聆聽冗長的布農抗日英雄拉瑪達星星事蹟。雖然前面霧中鐵杉林極盡浪漫唯美，但我無心享受。我期待拍攝趕快結束，我需要添加衣服，我知道我正在失溫。

好不容易拍攝結束，眾人起身趕路，我央求我尢幫我撐傘，躲在樹幹下，艱困地脫下浸水的手套，取下背包，挖出保暖外套，除去雨衣，刺骨冷風貫穿全身，牙齒正在作戰，穿脫之間好似經歷一個世紀，慢下來的不是時間，是逐漸混淆的神智。

度過驚險萬分的瘦稜岩脊、懸崖峭壁與陡坡，趕到避風開闊處，眾人休息吃行動糧，唯我不敢多吃。事實上太久沒有走大山，攀登高山的裝備太倉促與不足，特別是，正在治療胃病，不能空腹吃甜的或油的食物，偏偏中午的行動糧，非甜即油，以至於中午都沒敢進食，體能消耗殆盡。幾天來每天都仰賴胃藥鎮住毛病，寧可餓肚也不可傷胃！

「妳的臉色很蒼白！」細心的阿宏說。

「有嗎？」我覺得比之前好多了。

但是阿宏二十三年的高山經驗，一雙敏銳的眼睛發現我有異樣。

大夥兒圍過來關心，醫生說我是高山症，給一粒類固醇，因為接下來的路更艱辛；一劑類固醇等同大力水手的菠菜，醫生相信能夠讓我功力百倍。

有人建議我和受傷的藍教官走在最後，好讓其他隊友早一點到營地。

「不行！」悍馬開口了：「要讓體能最差的走在最前面，這關係到全體隊員的安全。」然後他對我說：「來！我走最前面，妳就跟在我後面，要慢慢地走，不要急。」悍馬沒商量，直接下指令，我跟在他後面。

一行十九人當中，悍馬屬寡言者，但是，關鍵時刻，一言九鼎，分量十足。

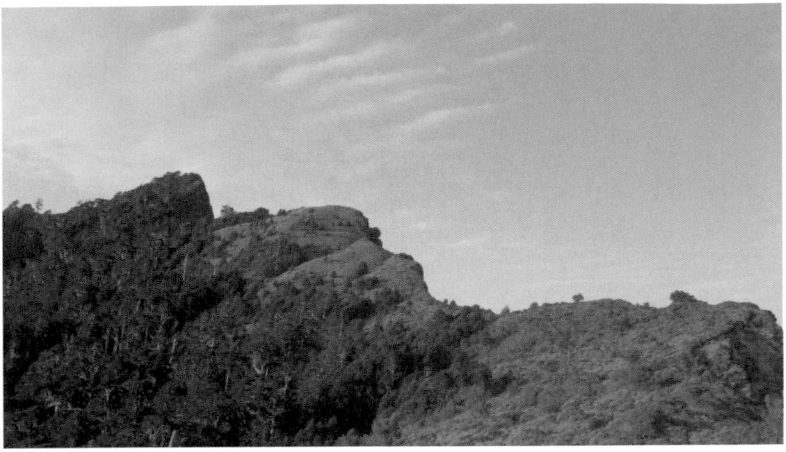
再沿著稜線翻過幾個山頭就可抵達營地

「上坡的時候，步伐小一點，配合呼吸，要大大吸一口氣，慢慢吐氣。」走在前面的他，不時回頭指點我的呼吸節奏，引導我的步伐韻律。我亦步亦趨。在高山如蛟龍的他，如今背負重擔，還要放慢腳步，而且極度緩慢，且像成人教授尚未站立行走的幼兒一般，溫柔慈祥。

「慢慢走沒有關係，不要擔心拖慢隊伍。千萬不要有壓力，妳感覺有壓力就會很累。」他不斷安慰我。

「怎麼樣，妳還可以嗎？」行進間，他不時回頭關照。

「可以。」我喘著氣緩慢回答。

這樣的問答過了幾次，他停下來，很認真地看著我：「妳真的可以嗎？要憑良心說。」

「真的可以！」我這樣回答，但心裡卻笑開懷，因為他要我憑著良心說。我明白他擔心我逞強，只是要我誠實以對，但是卻用「良心」兩個字。良心二字此時此刻意義深遠。是真的要憑良心，因為一旦逞強惹出任何差池，將會拖垮整個隊伍。一個人的安全就是整個隊伍的安全。

今晚預計紮營在三叉山營地，明天一早上卑南主山拍日出。

在一個較為避風的平緩草原上，眾人稍作休息，醫生幫我把脈看診，「有！心臟有在跳！」我調侃地說。眾人都笑了，唯獨醫生。

醫生診斷我沒有高山症，我並不意外。我知道我是失溫，高山經驗豐富的阿宏一眼就瞧出端倪。失溫是造成山難最頻繁因素之一，中央山脈大縱走，對每一個人都是考驗，即便經驗老道的高山嚮導也不例外。

雖然再翻個山頭就可以抵達營地，但是光是從這個草原到山頂，年輕勇士腳程至少要兩個多小時，何況是年紀可當他們娘的我。

醫生問我的體能還可以走多久？

「還可以撐一個小時。」我說。

「不可以硬撐，不要跟大自然對抗！」周圍關心的嚮導們不約而同發出警語，「人定勝天是錯的！」

真不愧是高山子民，不要跟大自然對抗，這就是生存法則。

大家體貼地為我搭第一個帳篷，進帳篷，我收拾一直逞強的笑臉，嚎啕大哭。幾天來強忍病痛，撐著燈油將盡的身體追趕險峻，為的就是不要耽擱大隊行程。而原來今晚必須抵三叉營地，準備明天一早登上卑南主山看日出、拍攝日出、暢吟日出，完成中央山脈大縱走最完美漂亮end，我卻破壞了一本最佳劇本的結局！

營帳搭在塞外，沒人聽到我的哭聲，但是，山神聽到了！

「出太陽了！」帳篷外一片歡呼。

從「布農山神最後的試煉」到如今「風停雨靜，朗朗晴空望卑南」。這是山神聽到我的哭聲！賜予我最大的恩賜。

【塞翁失馬，焉知非福】

三月五日（第八天），好個晴空萬里叫人神清氣爽的日子。眾人好像剛越過冬眠的寒帶動物，一個個鑽出帳篷，剝去昨夜結凍在鞋襪雨具上面的冰層，翻出快要發霉的重濕裝備，攤在玉山杜鵑、刺柏、箭竹叢上，把高山野麓變成五顏六色的曬衣場。

在我ㄊ念過詩詞之後，我就獨自先行。

獨自前行全然無任何壓力，前後路徑無勇士包夾，我與山融為一體，異常輕鬆。

一年後（二〇一四年四月六日），播出《ＭＩＴ台灣誌——卑南主山我們來了》，從電視上看見當時路途非常陡峭甚至於動用到拉繩，還有那不斷擔心著我的旁白，我回想，怎麼不記得有那麼難走的路？

原來路好不好走，跟心境與壓力有關。我獨自前行，路不是問題。回想二十幾年前經常獨自在山裡高來高去，全然無負擔的上高山下溪谷，不就是此刻心境？原來當年山林裡拍攝，是忘我，與天地合而為一，已然是山的一份子。

可是這回的中央山脈大縱走，跟著勇士與拍攝等等壓力，加上後製的剪接，就衍生出螢幕上戲劇性的「劇情」。

最驚心駭膽的只有自己知道。

然而「塞翁失馬，焉知非福」，因為我的耽擱，使得原本上卑南主山拍日出，變成拍日落。山神賜予我們的是夕陽下三百六十度雲海翻騰環繞的廣袤無垠的綺麗世界。回首八天以來走過的山頭，由遠至近一座座鑲在雲端，這是台灣驚世絕美的臉。

【反暴力】

三月六日（第九天）天明，我的手杖飛得老遠，原來是夜半被水鹿銜走；手杖上累積多日汗水，這回換成水鹿的口水。水鹿是我們這一路上出現最多，也是唯一遇見的山林原住民，可惜也是布農勇士一直覬覦的珍餚。夜闌人靜，帳篷外頻頻傳來牠們清脆的鳴叫，增添幾許曠野音律，這樣的夜，好眠。

我們每屆一個山頭皆張開旗幟比手勢，不是勝利，就是成功，我提議再比個「舉起食指反暴力」。

第一屆「點亮正義，『億』起反暴力」活動，邀請全球的人，舉起食指，表示為全球十億受暴婦女伸張正義。我順勢將平地的聲音，經由

鍋具面盆大出籠，勇士化身演員，演出反暴力劇目。陳玉峯／攝

高山，再透過媒體，試圖讓全台灣的人知道。

除了響應一起「舉起食指來拍照」之外，也希望來一段舞蹈。回應劇作家伊芙・恩斯勒（Eve Ensler）以舞蹈為媒介，「讓肢體不受任何暴力的束縛中，展現靈魂深處的生命力，將身體主權還給自己發聲。」

麥導從善如流，我和有藝術天分的烏瑪斯商量，烏瑪斯決定在營地演一齣反暴力行動劇。於是鍋具面盆大出籠，一群勇士化身演員，詼諧演出海拔三千公尺中央山脈極盡娛樂歡悅的反暴力劇目。

之後，大夥兒收拾笑容，整裝迎接即將來到的另一個笑容——回家。

昨天上到最後一座百岳，接下來就要下山。下山意味著回家，然而回家的路不容小覷。天氣晴朗，既排除氣候壓力，又是下山，理應樂觀輕鬆，但是我一刻也輕鬆不起來，因為聽到勇士們談論接下來的路程將有落差約四層樓的斷崖，且斷崖並非直線下降，而是有懸空凹陷的崎嶇斷壁。有嚴重懼高症的我，正苦惱如何未雨綢繆，馬上得到勇士們的安慰。他們說屆時有人幫我背背包，必要時還可以背我下切。這番話很得我心。

無論如何，在眾人還悠閒的時刻我一刻也不敢鬆懈，自行先行。

可是路並不是只有一條，前進又後退，後退又高繞，山路可比人生的道路。人生旅途得前人可跟隨雖安心，但是往往追得氣喘如牛，五臟俱裂，挫敗連連。自行開創，冤枉路一繞再繞，繞不出個所以然。

我心繫斷崖，且走且憂，勇士在接近斷崖前取走我的背包，可是當我瞥見斷崖，不會吧！就這樣，五公尺的斜傾岩壁？本以為是心驚膽顫的斷崖，而真正心驚膽顫的是眼前橫跨寶來溪，正面照映過來的陡峭崩壁。天啊！那是暴風雨中挺過來的山脊稜，是山神戲弄，或庇佑？當時風一旦往相反方向，必然讓人摔得粉身碎骨。

這一路有多處攀繩直下的路徑，但難行的卻是穿越淹過人頭遮蔽天空的箭竹，以及落差大且險象環生的崩雲巨石。我們原本可以直接下山，無奈兩場風災，路徑消失，鮮少人走過的痕跡，道路柔腸寸斷，相對地也讓我們接下來的行程柔腸寸斷。

事實上，最難走的路是因為人為破壞，如伐木等等，土地像是開過刀的肚腸，再經過風災之後，整個胃腸再被翻攪拉扯裸露一般。這是人對土地的暴力。我們要為弱勢族群反暴力，更該為母親母土反暴力。

這一夜夜宿林道，睡墊下是多日來難得的平坦卻也難消受，因為睡墊下雖沒了凹凸箭竹卻鋪滿大大小小尖銳破碎石塊。

卑南主山

【取水】

「南一段」諸多表面一望無際的低矮箭竹，狀似草原，卻是無法儲水的地形，尋找水源與背水，為「南一段」最艱鉅的體能挑戰之一。

三月一日從海諾南山下到三〇七〇營地，期間風大幾度吹掀遮陽帽與雨帽，跌跌撞撞寸步難移，還好嚮導提前紮營，這天沒上演點燈。臨近紮營三十分鐘前，巧遇取水的小楊等三勇士，只見三人誇張的怨嘆，「太近了（水源太近了）」，一副被看輕的演出。

這一路上大夥兒以「取水」界定功勳，越難取得到的水，越具挑戰。

三月五日在三岔峰下營地之前的高處，大夥兒卸下背包休息時，阮小姐叮嚀，到卑南主山頂大家要唱〈中央山脈〉之歌，不會唱的要去提水。藍教官說：「月霞老師要去提水。」知道我不會唱那首歌，藍教官打趣地說。這時候「取水」變成一種有趣的「懲罰」。

三月六日的取水就是不可能的任務，悍馬、小田、獵人等三位布農勇士從兩千五百公尺的林道紮營地，下切到溪溝、斷崖、岩壁，一路上上下下來回搜尋了四個鐘頭，才背回九十公斤的溪水。悍馬說：「超越自我」，這幾乎超出極限的任務，三位勇士為了尊嚴，使命必達。

三月七日最後一天下山的路上，「取水」變成一件輕鬆的嘴邊承諾。因為這天不需要「取水」。團隊裡唯二的兩個女生——阮姐與我，輕鬆承諾這天由我們兩人負責取水。

【藤枝必亡】

三月七日（第十天）最後一天的行程。

天未明即起身整裝，因為眼前將有十幾公里的漫長路程，且要上上下下高繞低切，經過兩座高山。

難得清晨六點半即開拔起程。

前人千辛萬苦造路至此的石山林道，自從十年前，大自然要回祂的地盤，之後這路不但車子無法行駛，即便徒步都不成。於是明明該下山，卻必須反其道而行。從海拔兩千五百公尺林道營地，往上攀爬直線八百公尺，海拔落差竟然接近四百公尺。先在石山腰繞，接近石山變陡上，埋首苦行，爬得氣喘吁吁。

「關山難度，小關難纏，雲水無水，卑南不死，藤枝必亡」，這是登山界有名的順口溜。我們已通過前四段考驗，如今橫陳在前的是「藤枝必亡」的挑戰。事實上不久前才奪走人命，讓人走來更是戰戰兢兢。

這一路無斷崖峽谷，明明已在林道上，但是大自然派來風仙雨神橫掃祂的疆域跟人類要回祂的領地，山體開腸破肚，地形地貌潰爛到面目全非。

我們迴旋在高屏溪荖濃溪中上游，這段回程的漫漫長路，不僅路況殘缺脆弱，更讓熟悉山林的嚮導都覺陌生。

昨天走著長長的破碎地形下到林道。今天依然是破碎地形，穿梭在芒草中，閃躲芒草銳利刀鋒般的葉緣。接著進入闊葉林，一路倒木橫陳，枝椏糾纏，寸步難進。

接著遭遇有稜有角、大大小小石塊所堆成的亂石陡坡，舉頭，宛若墮入開天闢地的宇宙洪荒。鬆動陡峭的亂石坡，險象環生。攀爬在亂石堆中，逐漸體會「藤枝必亡」箇中含意。「藤枝必亡」指的除了道路冗長之外，是否也隱含沿途暗藏危機，稍不留意，將釀成悲劇？

抵石山，過去伐木遺跡處處可見，如今大自然已讓其逐漸恢復成林野；但以人類的角度，說是「荒廢」。

從石山回首來時路，一個個行進中閃避過的陡壁下瀉萬丈深谷，可怖景致一一重現，但是驚懼已逝，好似那已是遙遠的故事。

石山下來又鑽入割人的芒草路，之後路轉為松針鋪地的明亮松林，然後接林道。但是平坦的柏油路面只是短暫過路，馬上又繞上另一座山。

攀登至第二座山──溪南山，眾人休息中，我絲毫不敢怠慢，慌忙下切趕路。危陡的森林底下，全無路跡可循，獵人怕我迷失，捨休憩，伴在左右。他們說獵人有過人的敏銳嗅覺，但我發現他的視覺更上一層。一路上他教我如何從地面上的蛛絲馬跡，辨識正確出路。這可愛的年輕人自稱累人，「很累的累。」他笑著說。

傍晚前到達最後的林道。歡笑不斷，歌聲高昂，因為距離回家的路，只剩幾公里的平坦道路。走在寬敞舒適的林道，歡天喜地踩著夕陽餘暉，揮別十天來的辛苦，大夥兒一一道出進入文明最渴望的心願。事實上，不到最後，都不能輕言。沒拿到彩金之前，所有計畫僅是一夕消失的奢望。

路居然再次又臭又長，而且崩塌裸地一一再現。越走路況越糟，太陽即將下山，眼前卻出現範圍寬廣的林道崩壁，這崩壁橫渡百餘公尺，上下不見底線，看得怵目驚心，毛骨悚然。獵人凌波漫步輕鬆度過，然後回頭對著小福喊著，「你帶老師過來！」一路保護我的獵人將我託付給小福。「來！妳跟我走，看我腳踩哪裡，就跟著踩哪裡。」我乖順地亦步亦趨，重複著小福的踏點。還來不及害怕，已經橫渡鬆垮的崩壁。

然而，一回頭，發現我尢臉色蒼白，緊追在後。踏到安全處，他緊緊抱住我，嚇出一身冷汗。「我都找不到妳，然後才看見妳一直走過去，嚇死我了！那崩壁才發生不久，土石都還鬆垮，一不小心滑下去，就是萬丈深淵，妳有懼高症，我怕妳萬一掉下去，我趕緊……」說著他哭了。

他這一哭，才喚醒我的恐懼。想到適才那一幕，果真讓人魂飛魄散。

天已黑。我們再遭遇另一崩壁，說什麼也不再冒進，寧願多走一些路高繞過去。

暗夜裡，聽到遠方傳來爆火聲，只見五顏六色的煙花，在距離不遠的下方。我們終於將抵目的地。頗意外，接應的夥伴，居然施放煙火迎接！

原來放煙火的是藤枝派出所的警員，他們發現山林裡閃著燈光，誤以為盜獵，施放煙火警告水鹿、山羌趕緊逃逸。

有一種誤會，叫漂亮，台語叫婧，流行語「水啦！」

終於下山，坐進沙發，確定逮到文明，警察提供好酒。

我不勝酒力，坐在車裡休息。悍馬突然出現在車外，靦腆地說，「我不知道有沒有這個榮幸可以跟老師握手？」

要不是不勝酒力，我真的想跳下車來擁抱他，他不但是我的老師，還是救命恩人。我在心裡想，能夠跟他握手才是我的榮幸！

貼近地球心臟

大步跨出船身，輕輕踩到海面。沉入海中接受海水包容；輕踩海水，顏面探出海，完成跨步式入海儀式。

放走充氣背心（ＢＣＤ）的空氣，慢慢往地球心臟靠近，慢慢地、慢慢地，急不得。已經慢了一甲子，可以再慢再慢……

山的孩子，與海無緣。第一次見海，無比興奮，然，僅止於看海。對於神祕且深不可測的海世界只能藉由螢光幕的眼睛窺探。隔山隔海，無法真實。畢竟是另外一個世界。

屁股坐穩船沿，往後翻躺，重重滾入海，完成背滾

跨步式入海。林昀嬋／攝

式入海儀式。

空氣如此輕盈，海水抓不住。想抓空氣入海，得將它們關進笨重的鋼鐵牢籠。最輕的由最重的攜帶，加總起來將近二十公斤的負重，幾乎是體重的一半。

我潛入太平洋與菲律賓海交界的海底，三道富含養分的洋流在此匯集，吸引成千上萬的魚群。

停在海底十八公尺深的平台上，流勾勾住岩石，我漂浮海中，任由「飛奔」魚群在四面八方「游」竄。我亦成為海底生物的一員。

平台正面是垂直而降的海底斷崖，黑鯛魚、梭子魚、灰礁鯊、豹鯊、護士鯊、鯖魚、蝴蝶魚、楔尾瀨魚、鯨鯊……等，

廖秀文／攝

魚群在懸崖上穿梭成數面魚牆。成為平台上觀眾觀賞的光鮮耀眼的華麗舞台秀。

原本從海崖流向平台的海流，逐漸轉變成與海崖平行，讓原本掛在平台的我，逐漸往海崖靠近。

我盯著流勾，深恐流勾脫落，人流入海底斷崖。

隨著海流方向偏移，恐懼不斷升起。

這樣的情境似曾相識，曾經做過的夢從記憶深處喚回。年輕時夢見墜落萬丈深淵，在極度恐懼中意識到「這不是真的！」然後全身放鬆，任身體自由漂浮下墜。新近才知道，原來那是「清醒夢」！

因為「清醒夢」，所以我能掌控夢境，無論臨空漂浮，或縱身飛翔。

廖秀文／攝

現在雖然不是在做夢，但是恐懼中意識到「清醒夢」，於是清醒地知道，一旦被流入海崖，我將仍漂浮，不怕，懼高症在此無用武之地。

身為被空氣包圍的陸地生物，一開始我忽略了此刻正被比空氣密度高八百倍的海水包圍。換句話說，不會像在陸地那樣掉入萬丈深淵，在海底只會被海水捧著托著。要不是身上披掛二十公斤的重量，現在連這海面下十八公尺深度的平台都到不了。

事實上進到平台之前，早已經過一段深不可測的斷崖；我緊緊挨著崖壁踢動，躲開強勁海流。偷偷下望，深不見底的黑暗海世界，委實嚇人。但奇妙的漂浮，解開了懼高症的遺傳密碼。沒在怕，不會跌下去，不會滾下去。

在這裡最應該擔心的不是跌入斷崖，而是沒了空氣。

我決定用最簡單的方式攜帶空氣進入海底。

空間移到台灣東北海域。

捨棄氣瓶與調節器，大而完整地將空氣納入身體；一公尺、兩公尺、三公尺……慢慢下潛，逐漸貼近地球心臟。

截然迥異於水肺潛水的吵雜，我進入完全安靜的自由場域。

幾年前在美國黃石公園，委實被地球的心跳驚嚇到。如今貼近地球心臟，聽到的只有寧靜。海洋生命繁複無比，海底聲音更是交錯熱絡，但在悠游與探索中只聽到靜謐，這份有生之年從無經歷過的寂靜，催生的是內在心靈的自由與釋放，引人進入猶若夢境的冥想。此時天地宇宙萬物皆消逝，唯我獨存，存在的質感隨著下潛深度越發輕盈清晰，一個真實通透的自己獨尊宇宙。

「一日下去（海底）就很難找到上來（陸地）的理由」，終於明白盧貝松《碧海藍天》（*Le Grand Bleu*）所言。

雪國之春

【女孩的眼淚】

知床，阿伊努語意思即「大地的盡頭」。

我身處大地盡頭，朝女孩的眼淚前進。

女孩的眼淚來自海拔一千六百六十一公尺的羅臼岳。

淚的前身是羅臼岳的雪，白雪化成淚水，隱入羅臼岳懷底。

海是距離羅臼岳十六公里的鄂霍次克海。

淚於羅臼岳懷底沉睡，之後，自百米高的

位於日北北海道知床半島的 Furepe瀑布（乙女之淚）又稱女孩的眼淚。瀑布水源來自羅臼岳地下水，地下水從高約百米的陡峭懸崖裂縫流出，垂掛的眼淚與宇登呂崎燈塔和鄂霍次克海搭配成有名的風景。

知床國家公園第三湖

懸崖汨汨而下，與鄂霍次克海譜成大地盡頭的戀曲。

我投宿的旅店主人說，「女孩的眼淚」是她最喜歡的地方。

抵達「女孩的眼淚」時，附近只有一對忙著拍照的情侶。我上到木造觀景台，泡杯茶，拿出伊豆半島的紅豆糕，與北海道馳名的「白色戀人」餅乾，靜靜聆聽「淚與海的戀曲」。不多時，情侶靠近觀景台，繼續拍；進到觀景台，繼續拍。二十分鐘過去了，他們還在拍。然後，來了一批人，像熱鍋上的螞蟻，在觀景台上上下下，裡裡外外，拍了又拍，接著一哄而散。然後，又來了另一批

了，完全沒發現我的存在；我靜止下來，見牠一步一步靠近，直到幾乎撞到我，牠才驚嚇地躍下陡坡，落荒而逃。

兩天前獨自漫步阿寒國家公園森林，一頭鹿好似凝固了地黏在兩公尺遠的樹後面，定定地監視我的一舉一動。還有在阿寒湖無人的湖畔，一隻興高采烈戲水的水鴨，與我近距離拋出迷人的漣漪。

之前在知床國家公園隨解說員進入知床五湖體驗棕熊，尋尋覓覓，只見到棕熊爬樹的爪痕；然而，無論在湖中覓得的遠方帝王相貌的鴛鴦悠游，或是湖對岸遙遠草原兩頭鹿，都只留模糊影像。

年前在非洲馬賽馬拉，坐在吉普車上，在眾多食草動物包圍中，聽任司機巡迴尋找非洲獅子、豹、犀牛……等五強；或更早之前在南非的克魯格國家公園，即便動物成群，也僅是刻意的商業行為。

翻開旅遊資訊，北海道的旭川動物園是被推薦的首選，比起其他觀光行為，「動物園」最是等而下之。

動物園的來源最早是王公貴族收集各種珍奇異獸以炫耀其寶藏，彰顯其權勢，時至於今，這種封建社會與殖民地掠奪的行為轉為普羅商業行為。

動物不該被囚禁，被拘禁的動物，身心經常受到嚴重傷害，許多動物園的動物被囚禁之後常常不斷來回踱步到精神崩潰，甚至於自殘。

二〇一五年，哥斯大黎加共和國為了提供動物自由生存環境，宣告將成為全世界第一個關閉動物園

和釋放囚禁動物的國家。此舉，表達了他們尊重與愛護野生生靈的決心。

動物應該在牠所屬的棲地悠然健康快樂地生活，在自然環境中非出於刻意，而是巧遇動物，那種無預警的邂逅！往往能引人臻至靈性的讚歎，且帶著微笑入眠。

【分享】

在猶然積雪的十勝岳登山口停車場遇到一對夫妻，他們躲在車裡拍照。打過招呼，雖語言不通，但是我還是忍不住想分享。我靠近他們，招手請縮在車裡的婦人下來，然後示意她隨我奔跑。我領她到隱密的景觀台。

「哇！」當她看到氣勢磅礴的十勝岳連峰，發出讚歎，並頻頻跟我道謝。

我才要跟她道謝，是她讓我釋放了「分享」的渴望。

獨自旅行，最難克服的就屬「分享」。

【海陸天演】

每每路經台十七線，都不忘提醒學生或親朋好友，台十七線數百年前是台灣西部海岸線。由於生命力旺盛的台灣隨時都在長高，但也隨時鬆動島嶼上的砂石往台灣海峽填海造陸，數百年後的今天，台灣胖了一些，西部海岸線離中央山脈越來越遠。但是近幾十年來以為可以治山防洪的攔砂壩不斷興建之後，西部海岸線又開始往後退，台灣又要瘦下來了。

如今在日本北海道東北邊的網走，聞知網走附近的湖泊原來是海。濤沸湖（Tofutsu ko）阿伊努語是湖口的意思。濤沸湖周長有二十七・三公里，面積九百公頃，是一海跡湖。海岸草原和濕地環繞四周，淡水和海水在此交匯，水鳥與花草等種類繁多的生物在此聚集。

很久以前，濤沸湖是鄂霍次克海的一部分。由於海水中的砂土在海灣口沉積，三千至一千兩百年前，形成沙洲。大約一千兩百年前海灣與海分離，海灣形成了如今的淺型汽水湖。在鄂霍次克海沿岸，如此形成的海跡湖共有三十二個。台灣也有類似的海跡湖，如面積一千四百公頃的七股潟湖。

另一海陸天演發生在北海道東南的釧路濕原國家公園。

面積一萬九千三百五十七公頃的釧路濕原，最早之前是海的一部分。約莫兩萬年前最後一次冰河時期，海水被抽去南北極當旗仔冰，海平面下降，這一片淺海區露出海面，成為陸地。

一萬至六千年前，冰河時期結束，南北極的旗仔冰溶化，海平面上升，海水再次進入。這一帶變成太平洋深入內陸達四十公里的海域。

六千至四千年前，海水將成為陸地時所形成的森林浸泡成泥炭。約三千年前，泥炭和堆積的泥土上面長出草，草原開始在濕地蔓延，最後幾乎覆蓋了整片海域，僅留下幾處沒被覆蓋的區域，成為今日塘路湖等四個有名的海跡湖。

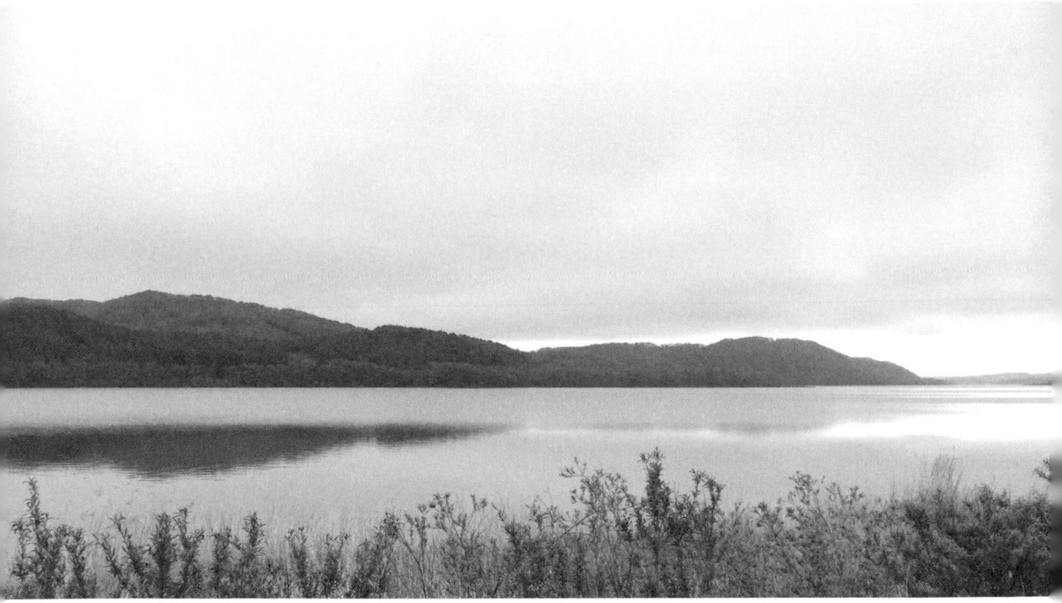

塘路湖

獨闖北海道，遊走四個國家公園，獨行的好，在於自由之外，能夠更專注地與環境面對，體驗時間的魔力，無論是自然、人文或自己，歲月才是主角，我們只是歲月的舞台。

崖薑蕨

崖薑蕨可以說是，台灣六百多種蕨類當中，僅次於山蘇花和台灣人最親近的蕨類植物。但是它可能因為居於「房客」的性格，和我們總是若即若離。許多時候我們會發現，家附近不知道什麼時候搬來了新鄰居，而且那通常是它們已經搬來很久很久以後的事。

這鄰居，不跟我們打招呼，就自作主張搬到我們家的大樹上，一開始它們不起眼，但即便到後來它們囂張地搭起高樓，我們也不見得知道。等到有一天我們不經意，抬頭多關注我

們的樹幾眼，赫然發現我們的樹居然多出了一些「房客」！

因為「房客」跟我們總是保持相當距離，我們對它們僅能有一些模糊印象。這印象是，它們讓我們的樹多掛了籃子，或圍了圍裙，或開了翠綠的大花花！

到底這是一個有著何等「生涯」的生物？如此高不可攀？

我們想辦法靠近一點，發現，它們造型出眾，且充滿了圖案藝術。這圖案左右對稱、整齊畫一，滿布網眼，每一「幅」都畫得一模一樣，就連它的名字「崖薑」兩個字也長得很像它們身體的紋路。

再靠近一點，仔細瞧，發現它簡直巨無霸，可能一公尺，也可能兩公尺。不但巨大，而且粗壯，有著鋼鐵般的氣勢。造成這股氣勢的主角，就是它那看起來如「龍骨」的根莖。崖薑蕨的根莖上面密密麻麻地披蓋著棕褐色的鱗片，當它們年齡越大根莖就越粗壯，最後會比我們熟悉的老「薑」還要粗。粗壯的根莖一回又一回的纏繞樹幹，不多久就建立了它們固若金湯的基地。

逆著光看，塗滿圖案的透光葉子，或黃綠或翠綠或深綠。這葉子順光時，展現的又是另一種完全不同的風範。長達一公尺的葉子，無論用看的或用摸的，都能感覺到它堅硬得有如皮革，但是果真用力碰它，竟然也會破裂。沒有把柄的大葉子，也有半公尺寬，只是葉子左右兩邊都有對稱的凹痕，把一片很生硬的大葉，雕得像一把柔情的羽扇，它這麼費心，不是愛美，是因為安全。

崖薑蕨的「崖」，是懸崖的崖，有懸空的意思。凡是懸空高掛必然容易阻擋風的路，一旦招惹風的行徑，通常不會有好下場。崖薑蕨的葉片雖然都有一根肥厚堅挺的主肋支撐著，但是光是這樣，並不足以和風打交道。聰明的塑身運動，正好留出空間，讓出風的通道，為自己留了生存的後路。更玄的是，當它的老葉長到該退休的時候，完全不顧形象地將窄窄的基底加寬，等到老葉壽終正寢，寬闊的殘葉，變身為家的圍牆，層層將家給護衛起來，同時還能兼具收集養分與水分的功能。

崖薑蕨的另一聰明，表現在它的「保濕」能力。美美的要件之一，是「水水」；活下來的要件，更是水分。懸空高掛的附生植物，水從哪裡來？自然是空氣中的水氣。可是體型龐大的崖薑蕨接水快，耗水更快，還好的是，它那披蓋著層層鱗片的根莖，又多又厚的鱗片能像厚毛毯或水棉一樣的吸收與保持水分。除此之外，葉片打著一層發亮的蠟，把水給鎖了起來，也是不錯的發明。也因為有這樣保濕的特異功能，使崖薑蕨練就一身不怕太陽的工夫，成為蕨類中少數能直接活在大太陽底下的異數。

崖薑蕨的美麗、勇敢與智慧，都能讓它活著，那麼它究竟能活多久？如果沒有意外的話，也就是它的「房東」不倒下來的話，它可以活很久，幾十歲不是問題，二十到四十歲是常態，比人長壽也不無可能。

至於它們繁衍下一代的方法，有兩種，一種是交給走莖去「複製」分身。崖薑蕨的根莖又稱走莖，隨著根莖不斷衍走，新葉子一片又一片冒出，任何一段斷裂的走莖都可獨當一面成為獨立個體戶，崖薑蕨就能這樣無止境地「無性繁殖」下去。

另一種繁衍下一代的方法，就是舉行「水的婚禮」。成熟的崖薑蕨，會長出許多圓形的孢子囊群，孢子囊群沿著支軸斜射、平行排列，孢子成熟後四處飛揚，幸運的會在樹皮的凹縫積水處完成終身大事。崖薑蕨成長的速度算很快，一片葉子從愛捲舌的頑童到頂天立地的長者，大約七天，至於成年之後，葉子的壽命少說也有三、五年或更長。

絕大部分的崖薑蕨，依著樹幹而附生，但也有一些在岩壁或大石上落籍。它們是台灣亞熱帶雨林的指標物種，也就是說，有它們存在的地方，就表示那一帶至少有亞熱帶雨林的氣氛。除了台灣海拔一千五百公尺以下的地區之外，喜馬拉雅山、中國南部、印度、中南半島、琉球與馬來西亞等都有它們的家。

菅芒花少有春天

記憶中台灣的菅芒花少有春天。隸屬於台灣菅芒花的季節是夏秋，尤其是盛暑。

台灣曾舉辦票選台灣國花的活動，在這活動中許多人不解也不諒解，為什麼菅芒花沒有列入候選的名單?事實上，除了專門研究植物的人員之外，並沒有多少人真正看過菅芒的花。

菅芒是台灣人對禾本植物（Poaceae 禾本科）的通稱，其中尤指與生活、祭儀相關的五節芒、高山芒……等。原住民在祭儀時用芒草驅

五節芒海岸景

邪、護身與祈豐收，早期台灣人大都以菅芒葉為繩、取花莖為帚、抽嫩莖為食。

禾草類植物為台灣植被中，最為活躍的類型之一，一般而言，在一片荒蕪的土地，首先出現的植物，常是禾草，所以不論高山、林下、荒地、路邊、溪谷、海岸、岩壁……等都是它們的天地。目前更因為文明拓展，許多森林不斷被破壞，禾草應運而起，種類及數量越來越龐大。換句話說，禾草是大自然迭遭破壞的指標植物。

菅芒花指的自然是禾草植物的花，其中尤其是數量龐大與植株碩大的芒屬（Miscanthus）——五節芒、芒、高山芒；與甘蔗屬（Saccharum）——甜根子草等的花。菅芒花極小，最大不過零點三至零點五公分左右，而且與我們所認知的花有相當的差異，「一朵菅芒花」通常有大蕊、小蕊與鱗被，鱗被類似我們所熟悉的花瓣（被），但卻小得幾乎很難用肉眼看得見，因此我們所能見到的菅芒花就常是一小點一小點鮮黃的小蕊（約零點一公分）與大蕊上約零點一至零點二公分的兩絲羽狀柱頭，一般人即使見著了，也不會將它當「花」看待，所以就造型與體型上而言，這樣的「花」實難登大雅之堂。

曾經有人講述「菅芒花的美學」、「……白的花開給明月；……紅的花開給夕陽。」這裡所謂「白的花」與「紅的花」可能是菅芒的「果」或「柔毛」等所組成的「總狀花序」，而非單純的「菅芒花」。其中「白的花」可能是甜根子草，「紅的花」則為五節芒或台灣芒等。

大多數的菅芒是在夏天短暫地開花後旋結果。菅芒的花並不明顯，給人的印象反而不如具有長長柔毛的穎果；更因為花期短、果期很長，一般人容易將果絮誤以為花；尤其果多延伸整個秋天，於是也常給人們一種秋天開花的錯覺。

夏天是台灣多數菅芒的花季，但是也有少數為典型的秋花，至於春天亦不難見菅芒花，更有一些禾草是全年都開花。

台灣有四千多種植物，其中有一千多種為台灣特有植物，亦即為全世界只有台灣才有的物種。菅芒類中除了少部分如高山芒為台灣特有種之外，大部分都在全世界各地分布，就台灣的植物世界而言，它所具備的「土地情感」，其實尚未獨特臻至「國格」。至於在台灣的俗民文化中，它所代表的常是「悲情」勝於「感情」，慣常是一種屬於拓荒暨被蹂躪的悲情依附。

其實，我們除了正視這類與我們至為親密的環境夥伴，更應該用積極樂觀的態度去面對「菅芒」，不要一味地停滯在「悲情」。尤其除了「菅芒」之外，台灣還有為數眾多的本土植物值得去認識、了解與投注情感。

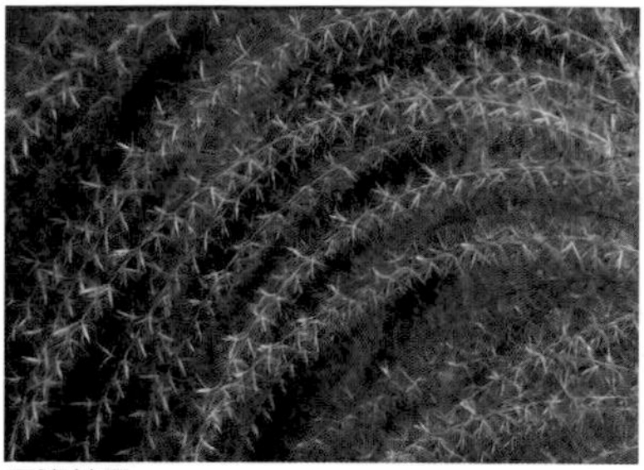
五節芒果

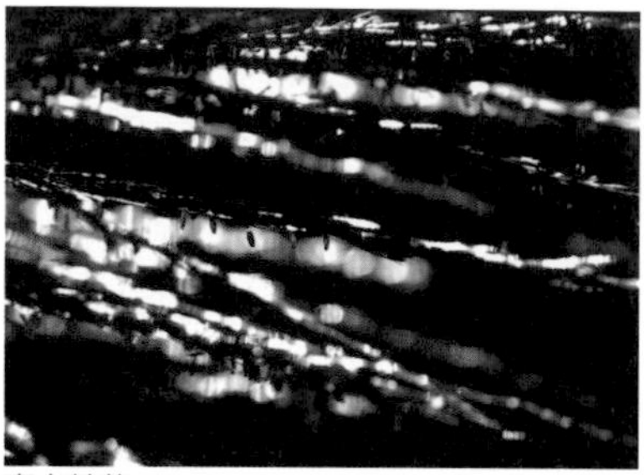
高山芒花

甜根子草果

甜根子草花

五節芒葉

高山芒之冬

甘蔗開花後結成的果

植物社會的性別

豔陽高照的夏末正午，「行道樹之旅」的一群家長與孩子，來到路旁的台灣欒樹下。

大夥兒欣賞樹上的花果之餘，發現樹底下撒滿鮮麗的花朵。俯拾落花，皆為男生花。有人好奇男生花與女生花如何辨識？偏偏遍尋不著女生花可比對，這時候一名孩子舉著一朵雌花過來。「他是從樹上摘的！」有人嚷著。是啊！除非意外，否則女生花是不離枝的。

當美麗的花卉開始飄謝時，若仔細尋覓墜落滿地的花朵，見到的盡是代表男性的「雄花」，如雌雄異花的台灣欒樹、楓香、桑樹、茄苳、油桐、構樹、柳樹等，要不也都是代表男性的「雄蕊」，如雌雄同花的百合、薔薇、玫瑰、櫻花、杜鵑等。至於代表女性的雌蕊則堅

松葉牡丹

海棠的單性花

守在原來的崗位，準備蛻變為豐腴多姿的「母親（果實）」；之後也將發現，植物世界其實沒有所謂的父親。

由此看來我們常講的「殘花」當中，其實並不包含雌性的部分，卻必定有雄性的地方。所以「落花」本質上是很男性的。可是在人類的思維中「落花」居然是女性！而「殘花敗柳」，更是指被蹂躪的女子。事實上，殘花的性別絕大多數為雄性，敗柳尤其為男性專屬。由於柳樹是雌雄異株的植物，亦即同一種柳樹有男樹（雄株）與女樹（雌株）之分。春、夏是台灣各種柳樹開花的季節，通常男樹在盛放雄花之後，其男柳花很快顯露衰敗的模樣；相反的，女樹上的雌花展顏之後，緊接著胎珠連連，假以時日，果實成熟，呈現的是子絮紛飛（詩文中的柳絮係帶毛的種籽），新生命的蓬勃再現。植物世界是徹頭徹尾的母系社會。但是以父系自詡的人類非但藐視植物社會的真相，而且還一味地以男性沙文輕薄植物的生命世界與女人，有些人甚至於不斷以植物的生殖器——花，來詆毀女性，也有以錯誤的認知為雄性建構「主子」的心態。兩千年前，李白「君為女蘿草，妾作菟絲花，百丈託遠松，纏綿成一家」；無名氏「與君為新婚，菟絲附女蘿」，在在將男人自比為可讓象徵女人「柔弱」的菟絲依靠的主子，熟料在自然界菟絲子實為「強悍凶殘」的寄生性植物，換句話說，「纏綿成一家」實為菟絲子蠶食寄主的恐怖畫面，絲毫不浪漫。

中國父權沙文的文化人，為鞏固其父性地位而尋求種種藉口，以至於誤解與誤導自然的例子，可謂罄竹難書。

動植物的世界並無所謂兩性平等，只有「優勝劣敗」。自然界的性別課題，應該真實地呈現與映入自然教育之中。唯有發覺動植界繁複性別社會類型的歧異度，進一步還給動植物界的自然原貌，釐清眾多為人類所扭曲的部分，如避免用「招蜂引蝶」來對兩性作二元對立的描述，也就是不將花（尤其是雄花）形容為女人且作負面評價，將舞動的蜂蝶（尤其是雌性的）男性化成採花賊，「招蜂引蝶」對於花而言是極為重要與神聖的結婚儀式，植物的世界少了「招蜂引蝶」，則許多後代將難以繁衍。

事實上從植物性別的認識，到植物的婚禮（授粉），單親的母親世界（結果），可以發現植物生命的延續基本上是異常女性的，但是「傳宗接代」卻是很男性的。

具備客觀與正確的自然常識，才能真正分享植物世界的美妙，也不至於亂射流彈，波及人類的性別和諧。

褐毛柳男生花盛開

褐毛柳男生花成敗柳

褐毛柳女生花變成母親

蝴蝶是漂亮的媒婆

紅點粉蝶

台灣茶藨子

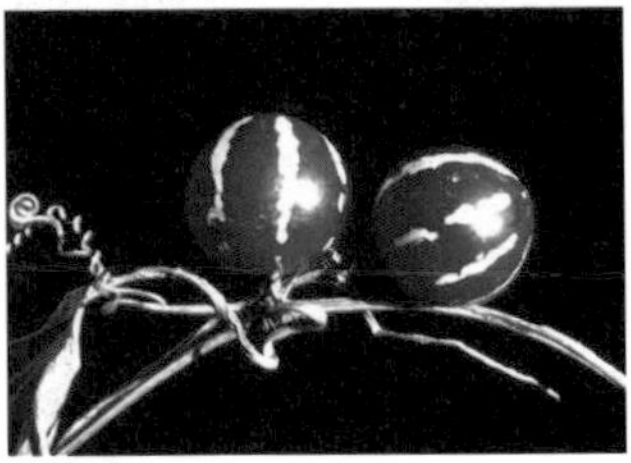
雙輪瓜

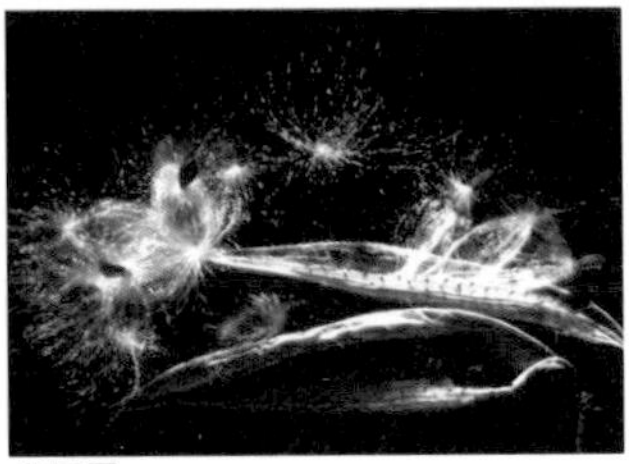
尖尾鳳

台灣茶藨子果與俗稱女蘿草的松蘿

萱草花

台灣欒樹的雌花

台灣欒樹的雌花結成果

台灣欒樹成熟開列的果實

台灣欒樹的花為雌雄同株異花

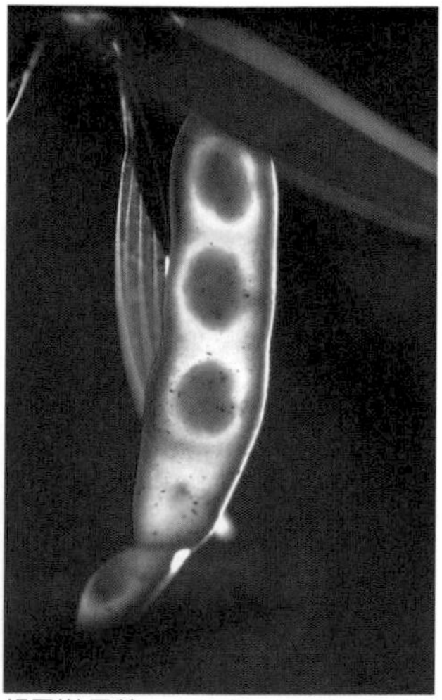
相思樹 果莢

楓香異花同株，前面球狀為雌花，後面為雄花。

楓香雌花結果

大地的掌紋

台灣的四月天，是各種綠色植物最鮮豔華麗的日子。而台灣最早讓世人歌頌的，就是蔥鬱多變的綠色之海，也就是所謂的「福爾摩莎」美麗島。於是乎在這樣的日子裡，與其看花不如觀賞綠葉。選在春天的一個假日，與一群家長、孩子，在公園做自然親子活動，我們的目的是「和植物做朋友」。做朋友當然先從欣賞朋友開始，然後再嘗試認識朋友以建立更深厚的友誼。

欣賞植物葉子可借助陽光，捕捉各式各樣的葉子風采，有的厚實穩重，有的輕巧起舞，有晶瑩剔透如果凍，也有發亮得呈現出刀光劍影；俯拾地面落葉，和葉子做近距離溝通。一位媽媽透過陽光形容掌中的葉子，是一幕千軍萬馬勢將奔騰的壯觀世界；而一旁的小弟則說他手上拿的是「一塊可口的煎蛋」，原來是一片已經枯黃的葉片。

無論是可口的煎蛋或是千軍萬馬的畫面，毫無疑問，每一片葉子在每個人眼底所呈現出的都是不一樣的景致。

賞玩葉子之餘，我們不妨由另一角度來認識葉子這種朋友。我們知道地球上的生命最主要的依賴是陽光，也唯有陽光能賦予大地生機。而擔任轉化光能、二氧化碳與水為有機物質的天使，便是葉綠體。換句話說，地球上的生物，只有綠色植物與少數光合細菌，可以利用日光製造食物。其他生物都得依靠綠色植物的生產物才能存活。而綠色植物主要製造食物的器官就是葉片。

葉肉中所具有的葉綠體可以吸收日光能，並把日光的能量轉變成化學能，這就叫「光合作用」。植物在葉片中可以利用日光把二氧化碳和水，轉變成高能量的糖。但是，植物的根系所吸收的水分常超過光合作用所消耗的水，多餘的水須經由葉片散發出去，這種水分經葉片而散失的現象，叫「蒸散作用」。「光合作用」與「蒸散作用」是葉片的基本功能。

演化學家說葉是由小枝所遞變；形態學家則依據外形，將葉區分為葉片、葉柄與托葉。葉片又叫葉身，是葉的主要部分；葉柄，可以支持葉片，是葉片附著在莖上的柄；托葉與莖部相連。每一種植物都有各自的特點，並不是所有植物的葉子都具有這三構造。

要認真地認識葉子這類朋友，可真要花相當的力氣，還好的是即使一時之間對它不是那麼了解，但光是這份綠色的友誼，就足以讓我們感受到健康、祥和與美感。

其實就植物葉片質地的美感而言，最能表達性格的，就屬葉脈了。葉脈本身是維管束組織，可以運輸水分和養分，也具有纖維可使葉片展開。葉脈分布方式有網狀脈與平行脈。

早田香葉草

相思樹

菝契

百部

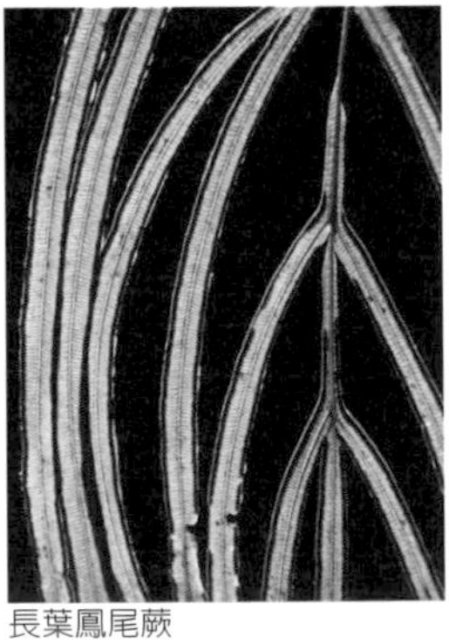
長葉鳳尾蕨

透過相機，葉脈在鏡頭下可交織出的最美的圖案，這些美麗的圖案是孕育萬物的大地掌紋。除了綠意，夥同蠟質對光源的變化，植物的葉，一向以無言的貢獻，展現平凡的偉大。

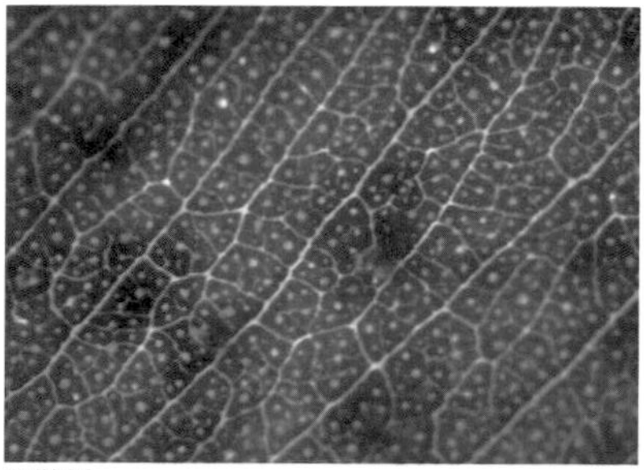
網狀脈

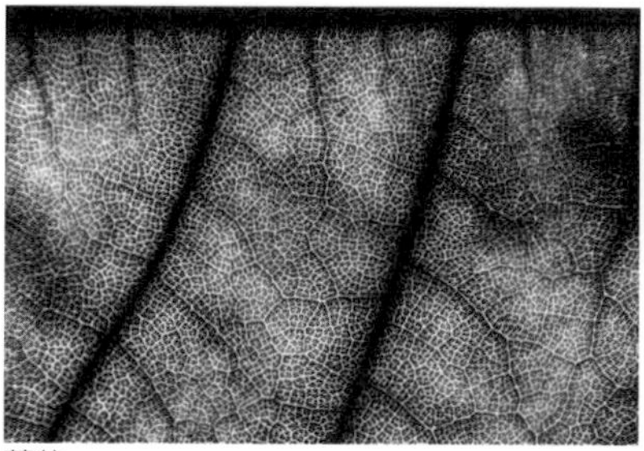
蓪草

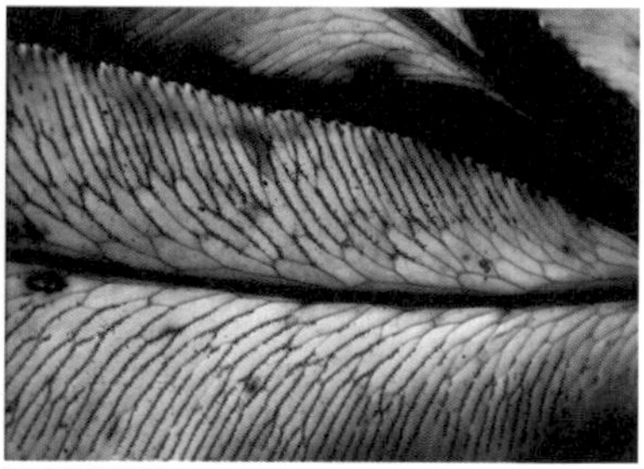
日本鳳丫蕨

華鳳丫蕨

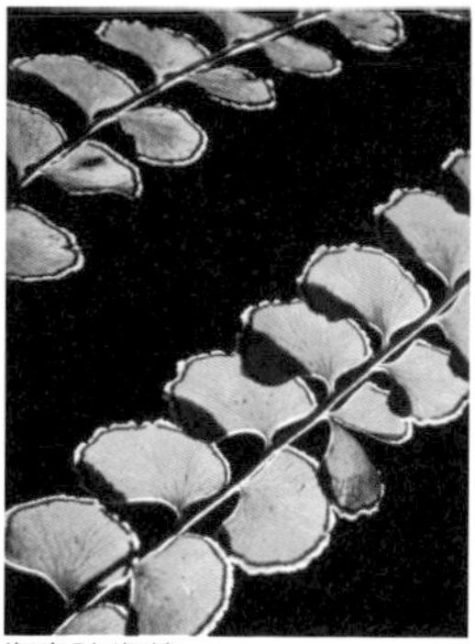
海島陵齒蕨

血桐

台灣五月杜鵑花

按照我們對溫度的感覺，台灣的五月天，應該是離開春季的初夏了，換句話說，五月正是春天束裝遠離我們的時候。果真是這樣嗎？

人們習慣把春天和杜鵑花送作堆，也可以說杜鵑花是我們公認最懂得春天的花朵。所以追逐春天，只要跟隨杜鵑花的腳步準沒錯。

只是五月天不管在素有杜鵑花城的台大校園，或是以杜鵑花為花季的陽明山公園，都很難再見到美不勝收的杜鵑花了。

春天果真拋下我們了嗎？答案是否定的，因為定居在台灣山地的杜鵑，這時候正在最沒有人跡的山區，爭奇鬥豔。春天依然在台灣，只是祂們已經上山去了。我們不妨一齊上山去尋找春天，也認識一些已經在台灣住了百萬年以上的本地杜鵑花。

五月中旬，難得台灣的梅雨稍歇，我們來到台灣的心臟地區，中央山脈的山腰，這時候我們發現滿山滿谷的杜鵑花像「一大片波濤洶湧的彩色花海」。有人把這種滿山滿谷被蓋著花卉的景致，喚作「御花佃」。「御花佃」也就是指高山植物的群落，在同一個短暫時間內盛開的花海。

這時候除了看見紅毛杜鵑與金毛杜鵑，鼎力合作了中央山脈山腰際的御花佃之外；往更高山則發現玉山杜鵑也傾全族，彩繪數百里的台灣屋脊。

全世界約有一千多種杜鵑，最早它們是住在東喜馬拉雅山一帶，後來紛紛往全球各地遷徙，大約百萬年前有一些跑到台灣定居下來，然後慢慢演化，最後變成很台灣的杜鵑花，也就是全世界只有台灣才有的，叫「台灣特有種」。

杜鵑花不但因為花朵鮮麗，而且適應力很強，所以是庭園裡面最常見的花。只是一般我們在庭園裡栽種的杜鵑花，大多不是台灣本土的杜鵑。

台灣本地杜鵑約有二十二種，其中以居住在山上的森氏杜鵑與高山上的玉山杜鵑花朵最為碩大，而且花的形狀還是像鐘一般的宏偉。

每年的三至四月在阿里山盛開的「石楠」就是森氏杜鵑；玉山杜鵑則住在台灣屋脊，約海拔三千至三千九百公尺的高山上。

冬天的台灣屋脊經常下雪，所以玉山杜鵑冬天就睡在雪屋裡。三月雪溶化之後，可以清楚地看到玉山杜鵑的住家環境，同時也能看到玉山杜鵑去年就結好的花苞正在等待春天。五月初花苞準備開放，每個花苞裡面約藏著五到十朵的花朵，花要開放之前會像做體操一樣先調好位置，五月底到六月才是玉山杜鵑開花的時間。開過花後才萌長葉子；葉子成熟之後厚實堅韌，可以承受高山上大量的紫外線以及霜雪。夏天花瓣掉落開始結果。

玉山杜鵑屬於寒帶氣候的植物。五月天的現在或許它們還在等待春天，而這時候台灣的春天，應該已經跨越森氏杜鵑的家，到達玉山杜鵑的山腳下，也就是中央山脈山腰際。

其實，台灣每年的梅雨季，春就在山雨中，來回喧譁；台灣的杜鵑花也常在這時候和春打成一片。

開花前各就各位

玉山杜鵑

森氏杜鵑

金毛杜鵑

玉山圓柏的社會

台灣的五月天我們因為追逐杜鵑，不知不覺地就追到台灣的屋頂。六月了，不管是台灣的高山或平地，都已正式告別春天，進入炎熱的夏天。夏天儘管炎熱，但是這時候的台灣屋頂其實一點也不熱，就溫度來說這裡是不超過攝氏二十度的涼爽氣溫。

原來，地球同緯度的溫度，會隨著海拔升高而下降。也就是說，海拔越高，溫度越低，一般來說，海拔每升高一百公尺，溫度就下降約攝氏零點四五，所以平地攝氏三十度，在海拔高度為兩千多公尺的阿里山上就只有約二十一度，這也就是為什麼阿里山是避暑勝地；那麼可想而知，在海拔高度為三千多公尺的台灣屋頂，就更為涼爽了。不過高山上如果太陽的強光直接照射很久的話，溫度也有可能高過攝氏二十幾度以上的。

既然來到台灣的屋頂，我們不妨來探訪住在台灣屋頂最勇敢的樹木——玉山圓柏，以及玉山圓柏漂亮的鄰居。

為什麼說玉山圓柏是台灣屋頂最勇敢的樹木？

我們都知道六千五百萬年前，恐龍在地球絕滅；當時地球上有許多植物和恐龍一齊滅絕；但是有一些植物卻幸運地孑遺下來，也就是存活下來，玉山圓柏的祖先便是其中之一。

玉山圓柏的祖先住在喜馬拉雅山。

一百五十幾萬年以來地球發生四次冰河期，冰河時期，大量海水被抽去當冰山，台灣四周的水位下降約一百多公尺，於是台灣和日本、菲律賓以及中國之間，由於沒有海水隔離，而成了同一塊「陸地」，許多生物就在那時期紛紛遷移到台灣來。玉山圓柏的祖先，很可能在較早的冰期就到台灣來了。現在它們已經在台灣演化成全世界只有台灣才有的物種，即台灣特有植物。

玉山圓柏是圓柏屬，也就是我們常說的柏樹的一種。它們通常住在海拔三千至三千九百五十公尺的台灣高山地區，原來身高可達十五公尺以上，但是在高山絕頂的地方，常常因為土壤不佳，又有強風以及乾旱、霜雪等環境壓力，而呈現矮盤似的灌木。

世上除了火神與人類，誰都不能打倒玉山圓柏。可是當高山上比較肥厚的地方被其他植物搶去，玉山圓柏只得以無比堅韌的耐力，與岩石談判，和強風比武，但也就是因為這樣成了高山上最勇敢的樹木。

和玉山圓柏相鄰為伴的植物，也都和玉山圓柏一樣有著無比堅韌的耐力，如玉山杜鵑、玉山金梅、雪山馬蘭、玉山繡線菊、玉山小蘗、玉山薄雪草、玉山佛甲草、玉山金絲桃、玉山小米草等等。這些植

陳玉峯／攝

物在它們看起來美豔動人的背後，都有不可一世的傲世風骨，而它們許多更是全世界只有在台灣屋頂才看得到的「台灣特有植物」。

玉山金梅

自然的夢

【古典的赤子】

一粒毬果，你想到什麼？
耶誕節？或是營養可口的松籽？
一粒毬果，你能想到什麼？
侏羅紀？或是古老生命的延續？
耶誕節，有兩千年的故事；
侏羅紀，擁有五千五百萬年長度的故事；
而，一粒毬果的故事，則可追溯兩億五千萬年。

裸子植物【小檔案】

裸子植物：Gymnosperms，是地球上僅次於蕨類的古老維管束植物，在恐龍之前就已存在，約兩億五千萬年。裸子植物顧名思義，即「種籽裸露」的一群植物，因為它們的種籽不被心皮完整包圍保護。安置種籽的是大孢子葉，它們長大以後就形成一粒「毬果」，大孢子葉長成「毬果」的鱗片。裸子植物的種籽有的物種有翅，有的物種沒翅；有的隨風傳播，有的依靠動物。台灣目前有二十六種裸子植物。

※侏羅紀約在一億四千萬到一億九千五百萬年前，約有五千五百萬年之久。

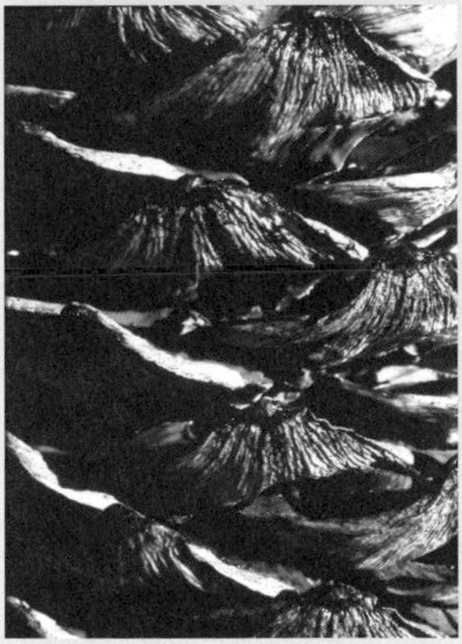
華山松的毬果特寫

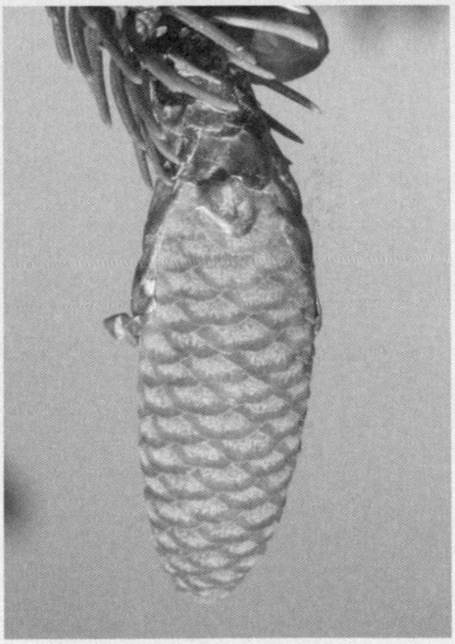
雲杉未成熟的毬果

一粒毬果，你是否能想到，一群繁盛
在侏羅紀的天之驕子，
六、七千萬年前，當地球上絕大多數
生命隨恐龍一齊消失，
它們是如何通過天擇，以古典的「赤
子」之心，撼動天地，
而存活下來的悠遠故事？
一粒毬果，你會想到什麼？

【台灣冷杉】

人類即便狂妄自大，也無台灣冷杉的
「酷」！
台灣冷杉雖是古老生物，然，比天

冷杉林

還要高，比雲孤傲，比挺拔的山，還要冷峻；在陡峭坡地，長鬃山羊都必須駝著腰行進的峭壁，它們依舊筆直俊俏，永遠扮演與山神正式會晤的要角。

生命對它們而言，是一絲不苟的尊嚴；即便皚雪冷雨，所有枝枒堅決昂仰向天。

每株樹的成年禮，是在生命第三十年到一百三十年間；開花、結籽，這等莊嚴隆重的生命禮宴，在乾坤互動的吉祥年尤其盛行。

台灣冷杉【小檔案】

台灣冷杉：學名*Abies kawakamii*，英文Taiwan White Fir，松科，冷杉屬；台灣特有物種，是高可達二十五公尺以上的常綠針葉喬木，樹幹筆直，樹形優美；四至六月萌芽；四至七月開花，但每隔兩年或數年會有一次盛大的花期，雌雄異花同株，花粉有翅可飛揚；六至九月結成紫紅色直立狀毬果，入秋果熟轉紫黑色；入冬果鱗掉落，至隔年春只剩主軸；分布在全台兩千八百公尺至三千八百公尺的高山雪線帶，為台灣分布海拔最高且最完整的針葉樹原始純林，也是玉山圓柏土地爭霸中最強勁的對手。

※六千萬年前許多植物和恐龍一齊滅絕，但是有一些裸子植物卻幸運地孑遺下來，冷杉屬的植物也是其中之一。

【台灣鐵杉】

撐開雲朵的傘
擋住水霧的臉龐
成長需要鐵一般的剛強
生活可以水一般的浪漫

台灣鐵杉和所有悠遠古老的樹木一樣
雌就是雌
雄就是雄

生命啟自鐵色玫瑰般小毬果
當小生命帶著薄翅
翱翔在台灣偶爾飄雪的雲霧地方
著地生根
從此有了土有了鄉

台灣鐵杉【小檔案】

台灣鐵杉：學名*Tsuga chinensis formosana*，英文Taiwan Hemlock，松科；台灣特有植物，高可達三十五公尺的常綠針葉大喬木，樹冠平展如傘，樹皮灰銹狀如鐵皮；四至五月萌芽；四至五月開花，雌雄異花；九至十二月毬果成熟，毬果乾燥開展彷若鐵色小玫瑰花，種籽有翅；分布在全台兩千三百公尺至三千三百公尺土壤深厚且較濕潤的高地谷坡上。

【迷霧中的巨靈】

台灣的神木，以它們為名；
台灣的歷史，以它們為文；
台灣的價值，依它們而存。

台灣紅檜、台灣扁柏，是它們各自的名；黑森林，則是它們集聚一體、震古懾今的陣營。

傳說中的黑森林，在霧最深最濃，太陽都不容易穿透的台灣高山谷地。經年迷霧的黑森林，藏埋著深不可測的神祕故事，許許多多寫了數千年的故事，在最近一百年，驟然結束。

今天，欲探究這些古老神祕的故事，除了翻閱古籍，零星散落在台灣各地的神木，是另一種憑弔。

台灣紅檜據守台灣的雲霧之鄉高聳於海拔1800~2500公尺的霧林帶

台灣紅檜【小檔案】

台灣紅檜：學名 *Chamaecyparis formosensis*，英文Taiwan Red Cypress，柏科；台灣特有植物，高可達六十五公尺，是東亞第一大針葉樹，主幹常斜挺於山腰，枝枒平展或高竄，聳立於海拔一千八百公尺至兩千五百公尺的霧林帶。台灣紅檜與台灣扁柏，在經濟價值上被稱為一級木，亦即最好的木材。當年阿里山黑森林裡被砍伐的樹木，大多數都已經達數千年。至於台灣的神木多數為台灣紅檜。

東亞第一大針葉樹，主幹常斜挺於山腰。

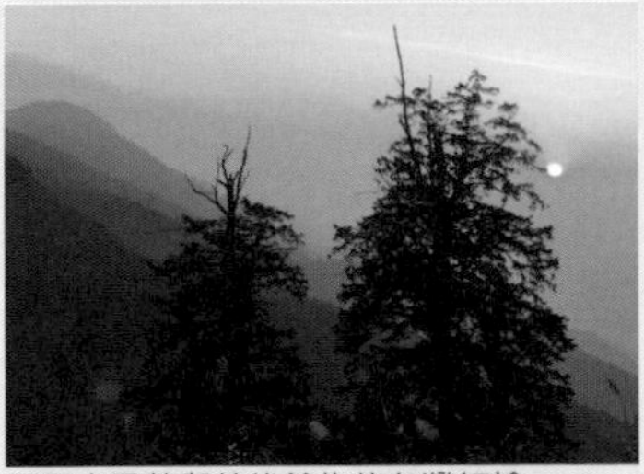

阿里山日落與劫後餘生的台灣紅檜

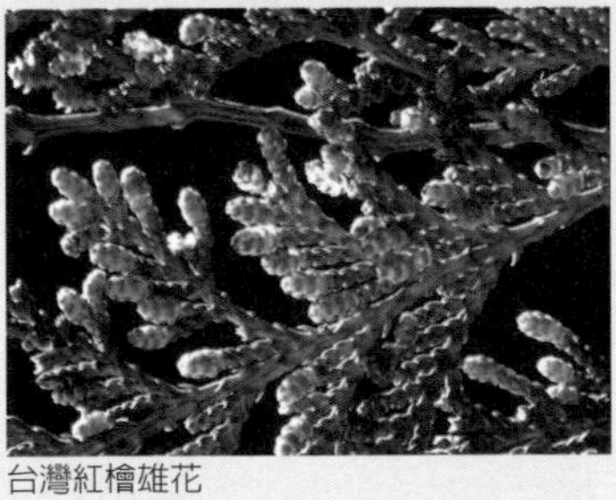

台灣紅檜雄花

【台灣二葉松】

它是勝利的樹；
深V的勝利符號，永遠站滿身；
早在侏羅紀開始，直到現在。

它是美男子樹；
柔細嫩黃粉黛，鋪滿整個暮春與初夏，
盛裝張羅之後，喜宴往往欣喜若狂。

它是火神的樹；
秋冬之交，火神差遣信差，
指名要它擔任火的舞祭，
犧牲之後，代價是
孩子可以得到比誰都多且又快的重生機會。

台灣二葉松【小檔案】

台灣二葉松：學名 *Pinus taiwanensis*，英文Taiwan Red Pine，松科；台灣特有種，高約二十五公尺的常綠針葉樹，葉為針型，二葉一束，呈深V字狀；四至五月萌新葉芽；四至六月開花，雌雄異花，雄花柔細嫩黃如粉黛，常為人取為藥用；（兩年後）九至十二月果熟，種籽有翅能隨風飛揚；分布在全台一千五百公尺至三千三百公尺陽光充足的乾燥地區，由於含有大量松脂，極易著火，在秋冬乾燥氣候下會因閃電等因素導致天然火災，它的種籽在火的溫熱下可快速萌芽。早期台灣人取其木幹作為起火的火種。

【雲中仙——台灣雲杉】

這是好久好久的故事，故事從雲端開啟。
從前有一天，當台灣雲杉被人發現時，
它已經居住在雲的最深處。
在盛滿白雲的山坡地帶，
它慣常以針線形的葉子，修補雲的縫隙；
用波浪圓的果鱗，描繪雲的形狀；
同時還以灰褐龜裂的外皮，
證明和雲相似的歷史。

春天，它翠嫩的新芽，飄逸的種籽，
再三禮讚生命的美好，
從數十萬年以前，直到現在。

台灣雲杉【小檔案】

台灣雲杉：學名*Picea morrisonicola* Hayata，英文Taiwan Spruce，松科；為高可達四十至五十公尺的常綠大喬木，灰褐色的樹皮成不規則龜裂；四至五月萌芽，五至六月開花，雌雄異花，秋結毬果，隔年春天毬果成熟成紅褐色，種籽有翅；分布在全台海拔兩千公尺至三千公尺的高地雲霧聚集的陰坡地帶。

【白木林】

白木林，在中台灣的玉山、北台灣的雪山、南台灣的向陽山……白骨森森、崢嶸向天、荒蕪悽迷，穹天白雲底下空靈的異數。

約莫一世紀以前，台灣的白木林被發現；從此，白色的「森林」逐一問世。

森林是捍衛台灣生界舞台的勇者；白木林生前，是蒼鬱無比的翠木，是參天入雲的黑森林。遮雲蔽天的黑森林，歷經祝融耀眼時光，紅極一時，遂墜入靈異時光隧道。

而後，輔以酷陽暴雨以及冷冽強風甚至皓雪的淬鍊，終於蛻變成精雕的世間異數。

白木林，一群無生命的樹木，即使生命已然，卻仍以倔傲容姿，在斯土舞台，俯仰天地，它是大自然的藝術。

雪山白木林歷經數回祝融

春來了

台灣入冬以來的第一道寒流來襲時，台灣平地出現攝氏十度左右的溫度，當時全台灣的人都強烈地感受到「寒冬」的威力。

然而，攝氏十度左右的溫度，在地處亞熱帶地區的台灣是寒冬，但對位於北半球中、高緯度的居民來說卻是春季。

可想而知，屬於台灣春天的氣溫，對地球中、高緯度的居民而言，已經要喊熱了。從不同地區的人類對氣溫的感應，我們也可以發現，不同地區的同一種植物對氣溫的感應。

苦楝是春天開花的台灣本地植物，如果從台北往南追尋苦楝到高雄，可以發現，春天的腳步是越往南越快。也就是說，在同一天裡，苦楝在台北才萌生芽苞，在台中已含苞待放，在高雄則已經盛開；這

構樹雄花

楓香春芽

種明顯的變化在高速公路沿途即可觀賞。

入春之後，在學校或住家附近觀賞苦楝的開花過程，會發現，苦楝拳握緊緊的芽苞，有的已經鬆懈，有的開放一點點，有的露出一些些嫩葉，有的鬆開到可以見到裹在嫩葉裡的小花苞。這些苦楝的芽苞就像是頑皮的小孩緊握著小手掌，手掌心藏匿著神祕的寶藏，然後，一點一絲鬆開來，讓人瞧見又瞧不見地逗樂著。

通常細心觀察一種植物時，會驚訝地瞥見屬於其他植物的春天。比如葉芽緊緊握住春天的江某，還有合掌迎接春天的蓪草、開掌沐浴春陽的蓪草、稱掌承接春日的蓪草；蓪草又叫蓪草木，是台灣最早被記錄的原生植物。這種高約二至六公尺長得很像木瓜樹的小喬木，葉子超大型，直徑可達五十公分以上，生長在全台海拔兩千公尺以下的陽光充足地區，為台灣昔日重要製紙原料。

此外，也會看到台灣欒樹的小孩，這些小孩有剛頂出子葉的、有子葉已展開新葉正要開的；台灣欒樹的小孩其實就是「春天的小孩」。

「春天的小孩是誰？

誰最有資格被稱為春天的小孩？

春天的小孩就是和春天的腳步一致的植物，

因為它們是全地球上和春天約定的
最好的生物。
春天來了，春天的小孩也來了。
春天遲到了，春天的小孩也一定遲到。
春天走了，春天的小孩也就不再扮小孩了。」

——《童話植物》

春天除了屬於眾多的「春天的小孩」之外，也是許多喜愛春天的花朵最「花枝招展」的日子。比如平地的敏感和萌、山地的台灣蘋果還有台灣一葉蘭。台灣一葉蘭是非常典型的台灣春日嬌客，通常在三月左右萌芽開花，一株通常只開一朵花，葉子是在開花之後才生出，一株也僅出一葉，故名一葉蘭。台灣一葉蘭多附生在海拔一千五百至兩千五百公尺、雲霧多而有陽光的陰濕岩壁上，或樹幹上，或鋪滿苔類的山巔上。三、四十年前阿里山、溪頭、花蓮山區常見，後來因為大量採集外銷，所以變得稀少，現在是受保護的台灣國寶級稀有生物。

並不是所有的春花都花枝招展，對沒有花瓣的構樹而言，長得像棉球的女生花，或酷似兔子尾巴的男生花，雖不起眼，但是台灣的春天簡直隸屬於構樹，不信的話，出去走走，到處都是構樹的形影。

而也只有在這個時候才能認出哪幾棵構樹是「女生」，哪幾株又是「男生」。

構樹雌花

一葉蘭

鐵杉春葉

構樹果

夢，在台中

筏子溪堤岸馬路上堅固龐大的鐵籠子，住著一株肥碩的刺茄，刺茄黃橙橙的毬果，鑲得鐵鏽籠仔喜氣洋洋。每次經過，我都告訴自己，下回記得將它拍下，然而一回回錯過。每次撞見籠子刺茄，都是上街購物，有誰臨時上街購物記得帶相機（當年尚未流行智慧型手機）。

上街購物另一旨趣在筏子溪。將近一年時間，過橋我總流連溪畔不去，想著，哪天下到溪裡，掩藏到紫紅豔熱的青箱花叢裡，或者跳躍在亮黃的金午時花上頭，最好記得帶相機，留住筏子溪四季變貌。

這是台中西屯區大肚山腰的水堀頭，三年前遷居於此，附近不僅有溪可賞，屋後縱覽台中盆地之餘，更可遙望中央群巒，居家周遭恬適的自然景致，直叫我急欲和台北或高雄的友人分享，我以蛙鳴蟲叫鳥啼誘惑他們，或以此炫耀做一名台中人的幸福。

無獨有偶，高雄的涂幸枝，在北屯置公寓當度假屋。每次到台中她都不忘邀約，「妳一定要來，我們這裡的竹林好美，風景實在太棒了！」後來我分享了她的盛情，她決定為我打造一把鑰匙，提供我多一處寫作的地方。

台北的胡台麗婆家在南屯，她說：「南屯的稻田美極了，到我們那邊去看看。」我隨她探訪美麗的稻穗，也從那兒抱回三條大絲瓜。

居台中六年，逐漸發現，台中頗有鄉下味兒。原來從市中心向北西南成扇形放射所及的屯區，是以悠閒的鄉村風貌護衛台中都會。在這個很都市又鄉村的城市，同時享有城與鄉的雙重生活情趣，這是當初算計日照與濕度等氣候因素選居台中的我們始料未及。

攤開地圖，將台中的水系騰出，發現台中是典型的水都。三條主要溪流筏子溪、旱溪、大里溪，以及介於筏子溪與旱溪，貫穿市中心的柳川、綠川、梅川、麻園頭溪等，狀若血脈，由北往南，齊向大肚溪匯集，活奔入海。

筏子溪的上游，可以呼吸海的胸襟，亦能感知泥土賦予綠色生命的繁華，佇立筏子溪，感恩與喜悅豐碩了無機的都市生活。然而，自然終究不敵機械文明，年前居家附近的筏子溪一夕之間毀於科技怪手。

那天，我發現怪手在溪底掘土，以為命案。後來才覺曉，市府的建設，業已自市中心伸展到此。市政府努力地治理市區各大小河川，方式是將溪底鋪上水泥，只在溪中央留一米寬的溝道給水喘息。台中的每一道血脈，就這樣有了各自難敵的「命案」。它們或是密裏水泥，或是頂上加蓋，或乾脆給廢了。

據聞，市民在水泥的溪底上頭再鋪一層土，好種菜。「溪」在現代化的台中不僅魅力無以施展，委實已屆「生靈塗炭」！

當門前蒼綠繁茂的苦楝被怪手斬腰，我目睹了另一幕血淋淋的生靈塗炭。先是胡台麗十萬火急地說一定要把南屯最後的農村記錄下來，緊接著我家門前開始斬草除根。

從客廳望去的苦楝是春蝶與夏蟬的家，同時也是家燕、白頭翁、綠繡眼、麻雀等極佳的覓食與休憩區。楝樹下綠帶植被與苦楝，適時提供四季的訊息，在鮮少人車往來的日子，它們伴我過足田園景觀的癮，尤其每年定期聒噪的蛙鳴與蟬音，更添熱鬧生機。

苦楝倒下的那一刻，我明白麻雀俯衝楝樹，萬蟬齊飛的景象已矣。我取出相機拍下西屯最後的野趣；同時憶起胡台麗電話中對南屯無奈的嘆息。

苦楝除根之後，築巢屋簷下的家燕，雙雙繞著怪手追逐恫嚇，以區區血肉之身挑戰文明怪物，看得我十分不忍。怪手繼續肆虐，剷平了綠地植被，震驚樹叢中的鼠輩，鼠兒竄躲入楝樹下的田溝裡；不想怪手一迴轉，探向田溝，抓取大把青蛙、蟾蜍，混雜著渾身泥漿的小老鼠；然後，剛長出四條腿的小蟾蜍，雨豆般的，紛紛自田溝跳躍出來四散而去。一時間，家燕、老鼠、蟾蜍與怪手交織成一幅血肉模糊的城鄉變奏圖。

往後的日子，我進入黃沙滾滾的昏暗期，領受都市化的第一道洗禮。我家的天空也在都市化的過程中逐漸喪失，敞開後窗，台中盆地與遠山好似一夕之間通通給大樓吞噬殆盡。當我再度尋訪鐵籠刺茄，景致全非，雪白的小轎車取代了一切。

我凜然驚覺，不管是籠子裡的刺茄或是水堀頭的閒情逸致，原來，只是短暫美麗而誤謬的誘惑。

後記：刺茄分布於台灣平地，為莖骨具刺的茄科植物，屬多年生的矮灌木。籠子刺茄來自於陰錯陽差的謬誤。沒有人會栽種刺茄，更沒有人會用一具鐵籠子去保護刺茄；它的荒謬在於，一個被丟棄多年的鐵籠子，適巧刺茄萌芽茁長在籠間，因為鐵籠子意外的保護，所以刺茄得以在馬路邊緣苟延殘喘，甚至對比強烈地美化了自身與環境，然而誤置於文明軌道僥倖的美，短暫卻誘惑，如同我水堀頭短暫而美妙的歲月。台中勢必走向全面都市化，繼消失的南屯與西屯，接下來就看北屯的竹園矣！

美妙的孤獨

一九九七年春新中橫路段八十二K（今九十六K），背對馬路，刻正瞄準路邊的台灣紅榨楓，忽聞我的姓名。轉首回顧，一輛停滯在身後的轎車裡面，笑容可掬的女子，熱絡地與我招呼。我探視前去，發現面容生疏，一時想不起是哪一時期的同窗（通常只有同學才直呼姓名）。女子旁邊坐著一名男子，男子也親和，但亦陌生。女子發現我的疑惑，趕緊解釋說是我的讀者，然後興奮地留下一句「很高興認識你」而離去。

這樣的邂逅，在寧謐的山中，掀起我一陣熱鬧溫潤的心緒。

移動腳架，在馬路中央架設另一拍攝定點。這時候來往的車輛便讓我給阻礙了；還好的是車不是很多，我禮貌地請來車略為繞行，感謝他們都給予方便。幾乎所有緩和行進的車主都不能免除好奇地注目我，我從他們

台灣紅榨楓之冬

台灣紅榨楓之春

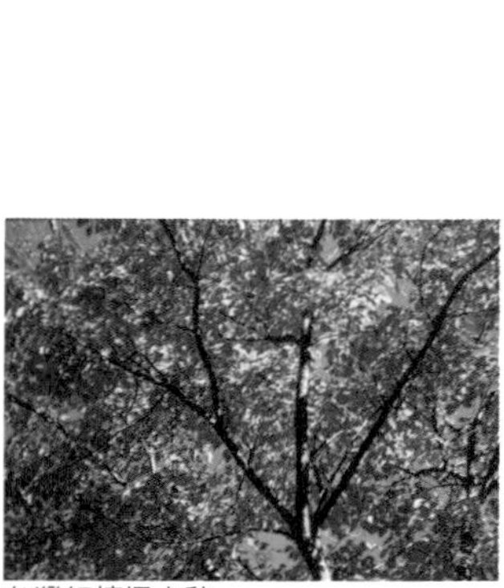
台灣紅榨楓之秋

的表情讀出疑問，獨自一名女子在「荒郊野外」做什麼?!

終於有一部車子停住了，裡面一對男女，他們循著我注視的方向尋覓，然後探頭微笑詢問。我靠過去揚起手中的幻燈片告訴他們，我在拍四季，「這個景我已經在去年拍下秋與冬，現在正在拍它的春天。」

「哇！好棒哦！」男子居然豎起大拇指振奮地歡呼，女子也露出愉悅的容顏。

這是我在山上拍攝少有的「熱鬧」，通常是一整天不見任何人影，只是獨自對著所拍攝的景致自言自語、手舞足蹈，頂多會跟過往的鳥獸打招呼，而通常牠們不是正眼也不瞧我，就是被我嚇得直奔逃，新近才有些台灣獼猴，跟我躲貓貓，隔草叢互叫。

「一個人在外面拍照，會不會孤獨?」採訪者問。

「會啊！當然會啊！可是那是很美妙的孤獨！」

後記：關於定點楓樹的四季，連續拍了四年，始終無法完成夏，因為每年夏季皆遭遇風雨，等不到藍天，只能望樹興嘆。此外，自從新中橫成為旅遊熱點之後，那裡的美妙的孤獨，已然消逝。

土地的老樹

當它斷去第一根枝幹，有人掉下眼淚。

我無法理解，當初是如何嚥下那股酸勁，記憶中情緒低落了好些時日，同時著實恨起了新校長。那是高二的事，那年學校換來新校長，新校長堅定的革新意志，從她華麗的辦公室到操場東側的這棵大樹。

我不清楚大樹有多老，但早在上屆或更早以前的學姐都說，她們的時候，大樹就已經這麼大，而且所有人都習慣相約在大樹下，無論是遮蔭、研讀、練舞、約會、相聚、合照……。大樹緊鄰圖書館，高約三層樓，樹冠如傘，長久以來業已形成嘉女的精神象徵。大樹倒了，好似屬於嘉女人過往的美好事情都跟著逝去，與其說我們真正難過的是樹，毋寧說我們真正難過的是大樹下累積的那股不捨的感情記憶。

猶記我們正為即將砍伐的大樹情緒沸騰時，報紙上報導畫家藍蔭鼎先生，興文作畫，為北部一株因開路而將被伐的大老樹請命，最後道路繞過大樹，成為以大樹為景觀的圓環。儘管我們羨慕，然而，這並無助於我們對自家大樹的具體行動。我們最終只是趴在走廊欄杆上，噙著淚，眼睜睜地讓大樹倒下的影像映入晶瑩的瞳孔。

有一年農林廳等單位舉辦「尋找老樹」攝影暨徵文比賽，依主辦單位的規定，「老樹」必須位於海拔一千公尺以下，胸徑為六十公分以上的大樹。影像部分，參賽者有不少蒼勁美妙的高山老樹，但礙於比賽規則，成為第一批被淘汰者。評審當中除了我站在樹的立場之外，其他四位評審都是以人為本，職事之故，一場老樹攝影比賽結果，人的氣勢遠遠淹蓋了樹；人成了主角，樹反倒落為陪襯的地位。

此外，文章部分，盡是繞著老樹傳說、神話，更多的是道聽塗說、穿鑿附會的奇聞異事，真正切中老樹的題材則付之闕如。

之後，我為農委會撰寫一本有關老樹的書，書名為《拜訪老樹》，我企圖在這本書中還老樹本色。書的開宗寫著「大樹不一定老，老樹不一定大」，以修正一般人對老樹的刻板印象。事實上每一種樹的成長速度不一，一般而言，越接近熱帶的樹種，成長速度越快，往往不出五年已巨大無比，寒帶樹種或高山樹種則相反。所以最後我又記上「高山一年，平地十載；溫帶一歲，熱帶十歲。一般而言，平地樹比高山樹快老許多。」

在這本專為學童撰寫、以照片為主的書中，我固執以樹的立足點出發，儼然為老樹的代言人，並不時為樹不平。於是原本理當洋溢溫馨氣息的「拜訪老樹」，在甚少人情味的字句中，只好更名為《認識老樹》。

台灣人對老樹的關懷，始於民間。老百姓為各地老樹請命抗爭，終於迫使官方不得不正視老樹，而責成各地方政府為老樹編列名冊，進而為文成書。

綜觀官方的老樹與民間的老樹，忽地恍然。原來人們心目中的老樹，是有著人類印記的樹，它通常鑲嵌人們的童年往事，它或是歷史的傳承，鄉的共同記憶，時至於今，甚至形成一種無意識的圖騰。這類圖騰如同我未成年的「大樹情境」，至今我甚至不知那「大樹」之名，更不識其生命週期、生態意義。我僅知它是載滿我們無限歡悅的樹，而這理由就足夠我們為它哀悼。

基本上，年少的大樹情結，是純感性而缺乏常識的。及長，廣博涉獵自然，由感性而知性，自擁有而分享而至保育的概念形成。如今對所有生命體的尊重已然內在化，於是深信一株樹自該有其獨立生存的基本權利，而不須附庸於人。人們必須放棄一味掌控其他生命體的野蠻行徑，學習了解、體悟、尊重、信任與信仰自然。是這般的認知，使得我越來越搭不上「老樹」風潮，也難怪在「尋找老樹」評審當中與他人格格不入，而在撰寫《拜訪老樹》時尤其固執地將俗民的老樹，寫成土地的、保育的、自然的老樹。

事實上，一棵樹的成長茁壯，需要根，更需要土啊！

自然・環保・垃圾

一次演講有關「自然」的分享，我從個人成長、工作等種種生活體驗去闡述自然理念與信仰。有鑑於絕大多數的人，習慣捨近求遠地追求「心目中遙不可及的自然想像」境地，於是我舉出山林中一則例子。

有一年風和日麗的五月中旬，我們一行五人準備進入秀姑巒山區。行經東埔溫泉，沿著陳有蘭溪蜿蜒的八通關古道前進，不久前方轉彎處，出現兩名拄著木杖背相機的觀光客。

「被騙了，什麼都沒有看到！」在我們即將錯身的當兒，觀光客居然高聲說。直覺上我認為是故意講給我們聽的，所以在錯身時，我刻意大聲說：「用眼睛看，當然什麼都沒有看到！」

「啊！她說不是用眼睛看，不然要用什麼看？」我聽到他們細聲的對話。

「啊！通通被你們看到了，我們要『吃』什麼？」同行的我ㄤ，促狹地嚷嚷。

之後，我思忖，春日的山間，放眼所及，不是盛放的花朵，就是到處飛舞的蝴蝶，還有那喧囂的蟲鳴鳥叫；除此之外，陳有蘭溪奔馳的溪水，沿途翁鬱的赤楊林，以及林木隨風摩娑的音律；為什麼這些他們都沒有看到？那麼，他們大老遠從平地舟車勞頓，再徒步到這山林裡來，究竟想看什麼？如果他們原先是因為要享受大自然而來，那麼究竟他們心目中的大自然是什麼？另外我亦舉都市中享受自然的幾個簡單例子，其中一則與落葉相關。對喜好自然的人士而言，落葉可以說是親近自然最簡單而直接的方式。

春季，是樟樹繁生新葉的季節，同時也是樟樹大量脫落老葉的時段。這時候，我會帶著女兒在樟樹林下走落葉，除了聽賞樹葉摩擦的輕脆音響，更享受滿地散發的樟香味。踩落葉之餘，有時候我們還將枯葉集成一座小丘，然後以百米競賽方式躍進葉丘裡嬉戲。有一回我們將一堆枯葉鋪撒在轎車的引擎蓋上，而後沿途駕車欣賞落葉飛揚的景象。由於我們玩賞落葉的地點是在大肚山上的東海校園內，覺得枯葉衝風飄揚需要一股更強勁的風，於是我們將車子駛出校園，沿著中港路往下飛馳，果然落葉繽飛，母女倆的心境亦隨著每一揚起的枯葉而高亢呼嘯。

意外的是聽眾在聽聞這則饗葉過程後，居然有人事後說他「聽了心中好難過」，難過的理由是他「猜想第二天清道夫大概邊掃邊罵：『這是誰家缺德鬼幹的？』他們一定不相信這是出自環保專家的傑作。」由於這位難過的聽眾並沒有在演講會場提出他的疑問，以至於我沒有機會告訴他，他的難過是多餘的。

在這裡我們發現「自然、環保、垃圾」之間的有趣現象。

試想帶著一顆「環保」的心，去聽一場「自然」的講演，會是怎麼樣折騰的情境？

自然與環保究竟有何不同？自然是自自然然的、恆常的、生命的、心靈的；環保是人為的、科技的、無常的、生活的、現實的。一個人對自然的終極體驗，是在於培養「自然情操」，亦即對自然永遠保有無限的「驚奇」，對自然有所「敬畏」，並且能發掘自然的「奧妙」之處，有了此三種情境，必然會對宇宙萬物有所愛心，對任何事物皆能謙虛且由衷地關懷。所以一個具有自然情操的人，無庸置疑地必然也懷有環保情。

至於環保的最終目標則是維護一個可供人類永續利用的自然環境。所以環保最基本的要求有三R，即Reduce（減量）、Reuse（重複使用）、Recycle（回收），也就是非必要不使用，使用了就重複用，如果既無法少用也無法重複使用，最後就要回收。而越簡單越自然的物質，當然越容易達到回收再利用的效果。樹葉是最容易回收的物質，絕對有利環境，不該被當作破壞環境的垃圾。環保知識，不能只停留在表面的整齊清潔，尤其淺碟的垃圾論，殊不知越是一塵不染的環境越有可能蘊藏不為人知的可怕汙染源。近年來諸多環保問題，更是源於人們太注重表面乾淨，忽略了實質的汙染所致，於是乎清潔劑、漂白劑……等，讓個人、家人或某些地區暫時乾淨了，卻永遠傷害著我們的環境。

樟樹葉子

落葉歸土

從東海大學郵局步出，迎面撞見今年第一道含蓄的春色，那是四株圓滿富態的楓香所吐納的氣蘊。有趣的是去年秋冬楓香甫鋪設的褐黃掌葉，刻正熱鬧地席地鬥豔。我瞧見了秋乘載著春，慷慨大方地贈予東海人兩個季節的風景。

似若頑童，我連奔帶跳，貪婪地浸染在楓香樹間，恣意用雙腳奏出楓香的音符，攪拌楓香的氣味。

啊！這風景再過數天終將不保，並不是

青楓

因為春會老、秋已去；而是幾天後學校將開學。這所大學似乎缺乏懂得賞悅大自然贈予禮品的主子；可預知的，俟一開學，東海人將會極端不領情地，用各種器具，大肆揮去這些大自然的瑰寶。

我的甥女，才是東海新鮮人的她，最痛苦不堪的是，夢魘般「掃不完的樹葉」。這讓我想起，第一次在校園看見學生一籮筐一籮筐清除落葉時，曾經不解地問：「為什麼要掃掉落葉？」大概因為我個頭小，那些大學生不理會我。

後來在隸屬東大的國中，我又瞧見一大早在操場打掃葉子的青少年，仗著學生家長的身分，我追根究柢。

「是我們老師說要掃的。」孩子低著頭，頑固地挑出綠草地上細小的葉子，然後一一併入畚箕裡。

「那些葉子可化作養料，你都把它掃到垃圾場去，這些植物會營養不良啊！」

「可是我們老師規定要掃。」孩子無辜地看我一眼。

「跟你們老師說，這樣是不好的，這樣一來這些草會長不好；還有，你這樣把所有縫隙裡的草清掉，讓泥土直接曝露出來，一旦下雨就泥濘不堪，出太陽颳風就灰塵四起。」

孩子默不作聲，只是手邊的「工作」卻沒有中斷。

「去跟你們老師講，這樣做是不好的。」末了我還是丟下這麼一句明知沒啥作用的叮嚀。

這件事，我跟女兒提起，她則是忿忿不平又無可奈何地說：「沒辦法，學校規定要掃！」

不識自然的人，總會將落葉視為垃圾而清除之，殊不知在大自然裡，落葉是滋養大地的最佳養分來源之一；而落葉的芳香與聲色，更使得自然界生命的氣息迭添多采。

愛戀排灣笛

卷二

來去小鬼湖

我沒有哭，只是我的眼睛怪怪的，正確地說，應該是濕濕的。流眼淚，在某些時刻，某些場所，是異常煽情的。現在，如果我把噙著的淚水放縱下來，旁人見著了，必定是有煽情的感覺。儘管一車的人抱持的是相近的「山林情懷」，但是果真有人流下眼淚，免不了總會惹來軟弱不堪的責備。

卡車沿著隘寮溪顛簸而上，外頭凜冽的風迎面衝撞過來，有水的眼，格外熾熱。是年前一個嚴冬傍晚，和現在一樣，我也是坐在車子左前方的位置，也是左手緊緊握緊冰冷的金屬橫桿。當車子順著田間緩緩前進，一股悽愴湧上心頭，那時刻我並沒有強忍著淚，而是任由淚水細水般地竄滿雙頰。

事實上，在那時候，流淚非但沒有煽情的顧忌，相反的，是被稱許，甚至是被要求的。任何人，尤其是任何女人，在親人亡故，尤其是我尢的父親過世時，不落淚才是要被競相指責的。

我沒有讓淚水溢出來，然而，睜眼凝視亡故的山林，為什麼要隱忍?! 痛失親人與痛失綠色生靈，於我是同質的悲切，而後者更含有另一深層的傷慟，因為那終將延禍更多的生靈啊！

我沒有哭，可是我的臉龐逐漸濕了。

哭泣的天，哭泣的山，淋濕了哭泣的隘寮溪，同時打濕了我的臉、我的身體，還有同行的夥伴。

原先沉寂的車上，驀地起了騷動，大夥兒爭相往中央挪身，躲避來自四方無遮無攔到處奔竄的雨珠。

傾盆大雨，是我們始料未及。

黎明前頻頻乍現的閃電，曾經叫我們又驚又喜。有人戲謔地告訴上帝，祂的日光燈壞了；有人喚大夥兒留意，上天正為大家照相；有人興奮地表示，夜半閃電意謂天明以後會有好天候。

卡車五點整由霧台的神山出發。閃電自三地門向知本主山不時放射，好似為我們的行程，刻意給知本主山下的小鬼湖傳訊息。

二十年前，我曾在一篇導遊的報章上，對小鬼湖有過嚮往。詭譎神祕，是當時的模糊印象，以及啟發好奇嚮往的驅使力。二十年後的今天，我正向祂靠近；詭譎神祕猶在，新鮮好奇的心境則蕩然無存。那種「行遍天下，吃盡天下，看盡天下」的豪情壯志，隨著年歲增長，越來越能體會它的有限性、無知與自私。天底下有太多太多東西是不該吃的，有太多太多事物是不屑一顧的，而有許多地方更不能恣意走進。

小鬼湖，魯凱語「Tiadigue」，七十多歲的巴嗄代喚祂Parisi，意思是「禁地」。「Tiadigue」是魯凱族的「禁地」，也是「聖地」。魯凱人咸信祖先百步蛇王深居「Tiadigue」，而「Tiadigue」也是魯凱人世世代代賴以生存的活水源頭。

這次引領我們前往「禁地」的是魯凱族的莫凱依。莫凱依和大多數的族人一樣，從未涉足「禁地」。今天她甘犯大忌，為的是不忍坐視每年成千上萬遊客，肆無忌憚地踐踏「聖地」。另一方面，叫她憂心如焚的是，採礦的怪手，此刻正迅速地向「聖地」延伸。

隨著卡車顛輾在寬敞的砂石路上，我們跟莫凱依同樣焦心如焚。我們懼怕我們來不及登錄「聖地」的原始相貌與音律，文明摧殘已菌絲般地拓展。我們懼怕我們還沒來得及發出警訊，南台灣的生者已步「銅門」之後。

雨勢越發猛烈，車裡車外融為一體。我聽到早先哭泣的山，開始嚎啕；我彷彿見到割肌裂骨的人，浸泡在鹽水中，而我只能一旁束手無策地觀望。對一個有感覺的人來說，這無疑是一項嚴酷的折虐。

我已無淚，我不哭，可是另一番情緒卻在心底翻騰。暴雨吃去了裸露的山林骨肉，也吞噬了我們的摯情，雖然我們有懂植物、懂鳥、懂蝴蝶、懂攝影的人，可是在這水糊了的山林裡，任誰也沒有能耐能不跟著稠糊；而令人啼笑皆非的是，可能的危機隨時都會叫我們喪失性命。

突然，車停了。另一層焦慮緊接著籠罩下來。經驗老到的卡車司機不走了，藏匿在每個人心底的憂慮，終於一致地浮顯上來。沒有人肯答應司機的決定，可是也沒有人能確定大夥兒的安危。

車子掉了頭，我頭重腳輕地在水霧中顫抖。

莫凱依moagaii

啊！不去了！我驀然揮去沉甸的焦慼。也好，不看破碎的山，不聞走調的音，我躲過一場可能被迫撕裂感情的痛楚。當然，叫我安慰的還是，驟雨阻斷我們去路，也同時阻止了無知觀光客的褻瀆。

下坡的路，不費氣力但危險，車輛行駛起來反而費神。我的感覺跟著司機走，然而愉悅竟隨著雨珠起舞，早先繃緊的情緒，這時已得到抒解。

雨勢不歇，以至於殘留心田一絲探勘的希望，愈趨微弱。我們距離計畫中的目的地，越來越遙遠。

清早由霧台啟程的大卡車，在水幕中與我們相會；沒有遮雨的頂篷，沒有墊高的跨板，車上數十名成年男女，或撐傘、或罩雨衣，狼狽不堪地貼緊盛水的車底縮成一團。我們的司機和他們的司機以魯凱語交談，我們的司機遊說他們不要上山，我們也以安全為藉口，紛紛慫恿大車上的遊客回頭是岸。

短暫交錯之後，我們的車繼續下山。

天色雖然已完全明亮，但是豪雨卻不斷妨礙行車的視界。在有房舍的地方，我們皆同司機一道避入簡陋破舊的工寮裡。寒風自頹壞了的木板縫切殺進來，切疼了每一張扭曲的臉，以及僵凍的四肢。

我們製造高嗓門的噪音，企圖驅走寒氣。可是雨水像點燃了的炮竹，滿山滿谷爆響，掩蓋所有聲音。最後我們只得疲憊的顫慄，靜靜地承受襲人的雨粒騰雲駕霧的喧譁。

工寮內冷清淒切，大夥兒不約而同引頸等待，除了期待雨歇之外，還等待久久未回頭的大車。我自然是極度地期盼大卡車回頭，但我很明白，叫一群遠自都會的族類，放棄千辛萬苦才奪得的可容肆意撒野的遊憩，那是非常不可能的。

莫凱依帶著愁容，關心地詢問大卡車的蹤跡。我斬釘截鐵地告訴她，那批人不會善罷甘休。出乎我意料之外，莫凱依竟然為那些即將踐踏她們「聖地」的漢人憂心忡忡，她不止一次地告訴我，她是多麼擔心他們的安危，多麼害怕他們凍死。

我不想言語，我揉揉微熱的眼睛，我實在很忿怒。

註

＊一九九〇年六月二十三日中度颱風歐菲莉來襲，強風豪雨夾帶土石掩埋花蓮秀林鄉銅門村。三十六名太魯閣族人遭土石活埋，其中二十三人罹難；銅門村民不得不遠離家園遷至平地。此為「銅門事件」。

蛇王與我

所有浸泡在水霧中的叢林景物都發出了亮光，這光自然是反映天的顏色。我一步又一步輕盈地踩在鋪陳於山徑的小蛇身上。每一隻全身發著亮光的小蛇，都堅韌地挺著細瘦的身體，承受我的重量。我事先並沒有料到，是踏循蛇族的身，前往蛇王的居處！

巴嘎代說蛇王住在Parisi。Parisi是魯凱語，意思是「禁忌地」；這同樣的地方，我們稱作「小鬼湖」。

巴嘎代說，亙古以前，居住在Parisi的蛇王，迎娶了魯凱大武社頭目的愛女，他們一齊沉入Parisi，從此那地方就成了禁區。

年近八旬的巴嘎代和大多數的族人一樣，從未到過禁區。我無法自她口中探知小鬼湖的情境；我僅知道，靠近小鬼湖時，不可以發出聲音，要保持絕對的靜謐與敬意。我相信這禁區，必定有祂足以令人敬畏的神聖理由。

陳玉峯／攝

我以最安靜的步履行進，叢林裡除了風徐徐地拂過潮濕的樹葉，幾乎感覺不出什麼是移動的。空氣像凝固了的霧幔，所有的景象，顯得異常不真實。舉目所見，除了灰色還是灰色，這單色的基調，讓人不自禁地跟著單純起來。

不尋常的氣氛，渲染我莫名的奇異感。這是我第一次行走在叢林間，強烈地意識到自己的性別。沿途迎路的小蛇，以及煙霧迷茫的情境，冥冥地讓我感受到蛇王無時無刻的召喚。我開始有些擔憂，擔憂蛇王會錯了我此番探訪的意思。我不能委身蛇王，然而整個氣氛竟是如是詭異浪漫，以至於叫人幾乎亂了方寸。

巴嗄代說，蛇王迎娶少女時，有成千上萬的小百步蛇鋪路。我不能讓小百步蛇為我鋪路，可是牠們卻一隻隻稱職地牢牢定在陸上。牠們濕潤的身體，和土地的色澤一般，墨褐卻光亮。我慌亂地使力，試圖驅散牠們，用踢的、踹的……終於我辨識出牠們的真正面目，原來只是一根根鑲嵌在泥土地的裸露樹根。我猛然清醒過來，褪卻了亙古的招親疑慮。

回到現實，環顧四周，濃郁的霧氣旋即將我推入矇矓的唯美世界。我卸下背包，取出相機，攝獵泛白穹空下，粗細濃淡有秩的枝幹。職業的直覺告訴我，這時候借用三腳架來輔助，必定可以取得更精緻的畫面品質。但是我捨棄了這個動作，我覺得在如此寧靜閒逸的光景下，任何文明的動作都會顯得庸俗無耐，甚至褻瀆。

我索性收起相機，坐下來，聆聽樹林的聲音。我聽到了寂靜。所謂天籟，大概就是這樣吧！我好想沉睡，可是天飄起雨絲。樹林微微發出沙啞的音符，我輕輕挪動身體，繼續未完的路。

雨越落越大，當樹的枝枒已經無法為我遮去雨滴時，我必須取出背袋裡的傘。可是巴嗄代說，少女是撐著傘走向蛇王的世界，當撐開的傘收起來時，少女也就從這個世界消失。我百般掙扎於現實與虛幻之間，我才跳脫出小百步蛇的糾纏，現在又墮入百步蛇王的迷惑。多少歲月以來，這是我首度在山林裡沒有隨身攜帶雨衣，僅輕率地放置一把傘。這時刻撐開傘，恐怕招致蛇王現身；不開傘，又深怕身體淋濕。事實上，在遲疑之間，我的身體逐漸濕了。

我突然陷入宿命的焦懼，開始後悔貿然侵進禁忌之地，而我的雙腳一直無法自拔地向蛇王的居處前進。我用各種理由安慰自己，包括蛇王已經娶妻，不會再要別的女孩；或是蛇王只娶魯凱少女；或是……然而各種理由都無法說服自己取出袋中的傘。雨模糊了我的視野，也模糊了我的意識，我隱約感覺蛇王已在左右。

我開始和自己的神智搏鬥，幸好眼前適時出現明亮的溪景。潺潺溪水，清澈見底，沁人的涼意，足叫人豁然開朗。溫婉的溪水循著林間深處蜿蜒而去，我在轉彎的斜坡上，大膽地架起相機，同時無懼地撐開傘。

我無法置信我的遭遇，傘竟然脫離我的手，兀自懸在半空中。

巴嘎代說，蛇王每次出現在少女面前，都化身為美男子。

我確信背後立著一名男子，我發現他修長白淨的手正為我撐著傘。我感覺心跳加劇。我錯愕地回首。我見到了蛇王！

驀地，我迅速低下頭，避開蛇王的眼眸。我獨自在心底訕笑。原來，為我撐傘的，並非傳言中神祕不可知的蛇王，而是我所熟悉的，屬蛇的，我尢。

原舞者與矮人祭歌

胡台麗拿紅色的百元新台幣給Bonai Kale（漢名朱耀宗），就在我們一群人談話與圍觀當中。Bonai是在六月二十六日的這天下午，被請來為原舞者教唱。一百元並不是給Bonai的教唱費，一百元是原舞者請Bonai轉給koko ta'ay（矮人）的sinamul（告解）。

原舞者這一天跟koko ta'ay告解，一部分是因為我們當天上午的行為。我們因為沒有經過koko ta'ay的同意，便逕自採集與拍攝Pasta'ay（祭歌中矮人）歌舞裡的植物。然而，我們拍攝與採集這些植物，是因為矮人祭歌裡，唱了足足二十八種植物，而且每一首祭歌

賽夏人錢火榮示範綁芒

都用植物的名為名。我們要找出這二十八種植物的面貌與內容。

Xove（錢火榮）與Kale（趙健福）是SaiSait（賽夏）的中、青代，我們請他們帶路去尋找以賽夏語發音的這些祭歌植物。一開始還算順利，可是自從舊祭場上方出現Saisili（一種卜吉凶的鳥）的叫聲，Xove與Kale便開始躊躇，「我想我們恐怕做了不對的事！」Xove這樣說。然後我們停下來仔細聽Saisili的叫聲，由於Saisili並沒有含著叫聲從我們的左前邊橫過右前邊，阻斷我們前面的路，他倆才勉為其難地前進。但是那之後我們要找的植物便不那麼容易見到。「我們下午回去跟koko ta'ay做sinamul，也許koko ta'ay生氣了。」胡台麗說。

是的矮人生氣了。從鳥的叫聲，從趙與錢的臉色，從胡台麗小心翼翼的行止，從突然消失的植物；從隔天我被地上尖銳的石頭割裂手背，車子滑落水溝，腳趾頭被車輪壓傷。我相信矮人真的生氣了。

「到底有沒有矮人？許多人很想知道到底有沒有矮人？」開製作會議的時候，有人提出這樣的問題。接下來，胡台麗足足生了十分鐘的怒氣。「到底有沒有矮人？到底有沒有矮人？」她氣不過地重複說。事實上，問賽夏人，到底有沒有矮人？就如同問基督徒，到底有沒有耶穌一樣。

胡台麗是有理由生氣；賽夏名叫Maya的她，從一九八六年開始進出賽夏，到一九九三年的這一天，她早已是賽夏人了。「Maya回來了！」這是我在賽夏五峰工作時時常聽聞的喜悅呼聲。Maya這次不但冒著矮人生氣的危險，更是冒著被逐出「族門」的危險，卯足了勁，要將禁忌最多的矮人祭歌，挪動時間，搬上舞台。

陪著一齊冒險的，當然就是原舞者。

原舞者是天生的冒險家，從一般人看得見的舞台步伐，到一般人看不到的尋舞過程，每跨一步都是在驚險中度過。

一九九一年暮春的一個深夜，我首度聽到原舞者的名。當時與我徹夜長談的王淑英（前高雄縣婦幼中心主任），正和高雄藝文界的朋友，為原舞者的存亡而打拚。那年夏天，我終於在彰化文化中心看到熱力四現的原舞者。那一夜我難過得無法成眠，因為自小在鄒族領域成長的我，曾參與戰祭的迎神、送神。我曾為那山谷裊然的歌聲悸動得無法自已，尤其在一巡又一巡的酒後，黎明將至，人神相容，天地互通。那終身難忘的際遇，我覺得在舞台上嚴重被挫傷了。

當我把感覺告訴胡台麗，她說：「祭歌可以搬上舞台。不要讓外人一直湧到部落，這樣下去部落裡的祭典會越來越觀光化，最後所有的祭典都會完蛋。」

基於這樣的關懷，當原舞者進入第二年，胡台麗一躍而為原舞者的母雞，展開羽翼，無怨無悔地護著原舞者成長。而原舞者也在母雞的吆喝下，於動盪不安的地平線上練就出鮮為人知的十八般武藝。

一九九二年夏天，在台中中興堂，我著實為原舞者的陸森寶感動了，比起去年倉促成軍，這一年的原舞者，無疑地已是原住民的使者、祭歌的代言人。

一九九三年春，我正式與原舞者接觸，真正目睹了原舞者的十八般武藝，以及原舞者的真、善、美與智勇。

一九九三年六月二十六日下午，「告解」之後，我們把早上採集到的山棕與芭蕉等植物請Bonai以其微顫的賽夏語解釋。透過Xove的翻譯，我們確知賽夏語叫BanBan的山棕，原來的葉子跟芭蕉一樣，都是碩大的長橢圓形，自從賽夏人把多數的矮人害死之後，矮人憤怒地將山棕的葉子撕裂，而每撕一下便一個詛咒；還好的是矮人仍心存一仁，沒有將葉子全部撕開，而留下最後的三脈，這也是賽夏族所以不滅亡的原因。

白茅

五峰秋之芒

原舞者所有的人員，圍著賽夏的耆老，聆聽、記錄、思忖。類似這樣的「上課」，對原舞者，長期以來已經是司空見慣的必修課。課程往往好幾個小時，而且反覆再三。原舞者展現在求知求解的耐力，較之於舞台，毫不遜色。

端午節的傍晚，在Maya的帶領下，我們一票人，擠在賽夏姥姥Maya的舊理髮廳。Maya以其人類學者的精神，不厭其煩，反覆再三，務必水落石出地向姥姥Maya追究矮人祭歌的始末，尤其要逐一追出祭歌的逐句含義與典故。這時候，所有的錄音機、錄影機、照相機，還有「母雞」和「小雞」，都一致地對準姥姥Maya。姥姥Maya歌聲般的賽夏語，經過Xove輕柔的翻譯，逐一化成不同性格的文字，落實在原舞者的筆記上。

透過觀景窗，我忠實地記錄這次田野採集的過程，可是當我將鏡頭轉向原舞者，我訝異於每一張充滿智慧的臉龐。即便是受過嚴格學術訓練的莘莘學子，都不容易出現

山棕葉

山枇杷紅葉

的智慧的光，這會兒我見著了，我深信這光，是燃自內心赤誠的心。

不久，原舞者開始了一個全新的嘗試；亦即自人類學的領域跨進植物學的範疇。一般人對植物的認知通常僅止於花、草與樹木的分野，原舞者卻要在最短時間內，學會植物科、屬、種的辨認，採集的方法，標本的製作，以及數十種植物的生態習性與人文關係。

Bonai說koko ta'ay留給賽夏的植物大多脆弱易斷，幸好有「黃藤」這種韌性夠的植物，否則賽夏的命運將更坎坷。這部分從生態的角度我是這樣詮釋：隸屬棕櫚科的黃藤，和山棕、芭蕉一樣，都是森林下的產物，在這三種代表賽夏族命理的植物當中，黃藤不僅獨具堅韌特性，更因具備尖銳勾刺得以牢牢攀爬在別的植物上，因此有突破陰暗、接觸陽光的能耐；黃藤這等突破陰暗的生態特性，恰好與賽夏人自許的命理吻合。

「我覺得好羞愧，作為原住民，我竟然對植物一竅不通，不能和我的祖先一樣！」幾個月後，原舞者阿道對我說。我微笑地告訴他：「現在學還不晚。」

是的，依原舞者的能耐，學習任何事物都不會晚。六月二十六日下午，原舞者一個音一個音地跟著七十四歲的Bonai吟唱賽夏短歌。只見羅馬拼音、國際音標、國字諧音、ㄅㄆㄇ齊飛，每個人皆以自家的方法，畫下千奇百怪的「音」。時間一小時一小時過去，我困頓地透過眼皮隙縫，瞄著原舞者，自問：「這年頭誰肯花四個鐘頭，只為了學四個音一個調的歌？天啊！只有原舞者！真的，只有原舞者。」

原舞者是一塊碩大的海綿，隨時吸納新知與異文化。原舞者也以其原住民文化的特殊基因，在適當的時候扮演多樣貌的角色。有時候，原舞者是雕刻師；有時候，原舞者是織女。這一切都是為了舞台上的道具，必須在人生舞台扮演的角色。原舞者有時候也是老師，這是為了新血輪與相承的命脈。

「很辛苦啊！」原舞者阿忠露出欽佩的神情對我說。這是六月二十六日清晨，我趕在太陽之前起床，拍攝晨曦、日出、山嵐以及柔光變遷中的植物。這天阿忠起得早，他坐在朱家門前的矮牆，遠遠地看我上上下下的忙。記得當時我只笑而不語，現在，我則要說：原舞者的夥伴，我們都辛苦了；但是我也發現，我們都是幸運的。在生命的過程中能夠為某種理想賣命，何嘗不是幸運。希望這等幸運不是短暫的，希望在我們共同努力開創的道路上，我們的路或我們下一代的路能夠越來越寬敞。但是，反過來，我又要問：原舞者的夥伴，妳／你們同意我嗎？或許在舉步維艱的環境中，幸運僅是流星，短暫易逝，然後，明天呢？

註

＊賽夏人不能在祭典以外的時間唱祭歌，Bonai教的是祭歌以外的賽夏短歌。

愛戀排灣笛——台灣最哀思的笛聲

鄉土尋根與土地倫理在台灣正如火如荼地展開，眼見台灣數百年來的殖民悲情，在即將邁入二十一世紀的今天，似乎已逐漸遠離；事實上，我們僅僅只是跨出省思追念的門檻，殖民悲情依舊存在，特別是在原住民部落尚無法擺脫被殖民的命運之前，台灣人其實還是悲情。

「傳說我們從百步蛇那裡來的，以前我們很重視百步蛇，把牠當神，會祭拜牠。牠是頭目的象徵，平民的衣服上不可以隨便繡上百步蛇。以前很嚴格，到日治時代開始亂七八糟。民國三十九年國民政府來台之後，百步蛇發出奇異的聲音，這是不祥的前兆，不久巢穴遭受雷擊，因而消失。」具有貴族身分，生於一九三一年的綠瑪霖・逖維雷楝（漢名蔣中信）說。

「撒刺萬（salavan）是和太陽一起出來的降世之神，太陽出來，她便來到人間，坐在陶壺上。撒刺萬來了之後，開始創造萬物。」一九三六年出生的謝凱・塔魯萊爾（漢名李正），述說帕戴印（padain）的創世紀，「帕戴印是真正的創始紀，有豐富的衣食，是祖先撒刺萬創立的。日本人統治的時候日本人叫我們遷走，光復後日本人離去，大陸人來到台灣，我們又遷回到舊居帕戴印，在這邊住了一年，民國六十三年又遷往平地，我們帕戴印的人不斷地遷徙。帕戴印故居的土地，我們以往賴以為生，還留有生活的痕跡，我們捨不得遷離我們的土地，我們是多麼喜歡回到原居地。日本人統治的時候，我們所有的禮俗都混亂了，之後洋教傳來，禮俗殆盡消失。」

「從前我們住在山地的原住民，彼此尊敬，互相照顧。頭目是神創造的，主要目的是為了要使人類學會彼此尊重。頭目如果有事交代，以往沒有人會推託反駁，現在無論做什麼完全沒有遵照禮規行事，令人產生困擾。」謝凱・塔魯萊爾是帕戴印的第五代頭目，因不斷遷村導致幾乎成為落難頭目。他很想說出他的痛苦與思慮，可是這不是有限的語言能說盡的。

許多類似痛苦難堪的排灣人，都很想說出他們的痛苦和思慮，可是這不是有限的語言能說盡的，於是他們用笛聲，來抒發愁緒。

「如果我們不會哭，可以吹鼻笛表達我們的哀傷。」綠瑪霖・逖維雷棟這樣表示。

「笛聲就好像是他本身在訴說自己的遭遇、自己身世的淒涼，我們聽了也就會跟著難過，令人想哭。」謝凱・塔魯萊爾說。

幾乎所有老一輩的排灣人，都能從笛聲中，排解心中的痛楚，因為笛聲會讓他們懷想起舊有的習慣。聽口笛跟鼻笛很容易引發思念，也很容易想起難過哀傷的事，而讓心裡一直痛，有時候那種痛苦是對神的憤怒。以前的人，聽到笛聲真的會哭。

「吹笛子有時會自憐自己的一些遭遇，會想要去殺敵人。」擅長吹口笛的謝凱・塔魯萊爾有這樣的經驗。

「如果有害怕的事或心中有不悅的事，吹笛子，心情就會好些。它表達的意義似乎是從骨頭發出般的聲音。」十二、三歲就學口笛的派爾翰・杷媧媧浪（漢名許昆伸），今年已六十五歲。通常他一吹奏起來，心情就會變得很愉快，而身體如果不適，吹奏起來也會變得健勇、開朗起來。「雖然我們都沒有開口，但這笛子就好像在說話、在唱歌、在打招呼，也可以表示高興。聽了笛子也可以使人解除疲勞，它的聲音有極深沉的意義在裡頭。」

七十歲的卡判・迭溜（漢名蔡國良）國小六年級就跟叔叔學笛，他說：「我們吹笛子心靈會享受慰藉，也會很安詳。靜心吹笛子能忘記一切雜念。至於吹笛子那種悲哀的心情不是能哭叫出來，乃是內心深處勾引起的回憶。」

這麼神奇的聲音，到底是怎麼樣的聲音？據說，百步蛇會出來聽鼻笛音，因為鼻笛聲和牠的聲音很像。基本上，吹得好的笛，才能產生「從骨頭發出般的聲音」的效應，而怎麼樣才叫作吹得好的笛聲？

能抓住原住民的心才是好聽的笛聲。當老人家聽了說：「啊！那吹得真是令人想哭啊！」那就已經有原住民的味道了。因為他們深深體會到原住民的聲音，是會令人哀思的音。除此之外，要能「吹得很古樸卻能令人訝異。」或是「吹得讓聽者欲罷不能、餘音裊繞，有所感動與感傷。」

卡判・迭溜認為，吹得很長，吹得會讓人傷感的、曲折的、悲哀的笛聲比較好聽。好聽的笛聲，不僅用在排解歷史哀痛，亦有歡愉浪漫的一面。

當派爾翰・吧媧媧浪問他太太，婚前滿屋子都是她的男朋友，為何獨愛上他？太太直截了當地說：「因為你在深夜吹奏笛子時，我一聽到笛聲就起身。我非常喜歡你吹的笛聲。我被你的笛聲迷住了。你的笛聲讓人思潮起伏，我的愛是由笛聲牽引的，你動人的笛聲跟高尚的人品，讓我愛上了你。」

這是原住民夫妻之間的浪漫對話。不管是十八歲或八十歲，他們的情話如笛，「古樸卻能令人訝異」。而這是否也可以稱作「談得好的戀情」？

幾乎每個排灣族的青少年少女都有幾樁浪漫甜蜜的情史，而牽動著詩情畫意情人的語言，便是美妙的笛聲。

即使結了婚都還有好長的一段時間流連忘返於追逐女友的卡判・迭溜表示，凡是青少男都一定要學習吹奏笛子，因為以前僅能藉由笛音找情人、訪視情人。女孩的心會跟著笛聲一起走。許多女孩子若聽到笛聲就睡不著，心就開始煩亂。他認為，笛音讓情人細聽來自內心的感傷、淒涼，最適合在深具傷感之悲淒中吹奏，以散發激情，那種內心的感傷，就是對情人的懷念。

六十九歲的綠瑪霖・逖維雷棟有一段刻骨銘心的初戀，當這終其一生都令他思慕的初戀情人過世時，他的兒子說：「他拿著鼻笛，到外面一直吹，吹到很晚，吹到深夜兩、三點。從他吹的曲調裡面的哀怨，感覺他不是在演奏，他在回憶，他在難過，他真正所愛的女孩子已經過世了，他們的分手不是他們願意的。」

所有的愛戀都可以透過笛聲，深邃悠遠地公諸於世，特別是青少年的戀情。也因為笛聲，讓父母有了參與，而給予少男少女的肯定、支持與把關，笛聲開啟婚姻誓言的前奏曲。

然而，屬於笛聲哀慟的情愫，在喪葬禮儀時無論節哀順變或傾瀉悲慟都能發揮得淋漓盡致。只是不同地區有不同規矩。和平村的綠瑪霖・逖維雷棟說，如果有頭目去世，十天不可以做事，這段期間吹奏鼻笛，代表哭聲，鼻笛可以安慰大家的心。

但是，排灣村的謝凱・逖迦和萊表示，有人去世吹奏笛子是禁忌，唯帶獵物安慰喪家

則可以吹。而古樓村的卡判‧迭溜也說，老人家絕不准我們在喪家附近吹笛子，避免讓喪家聽到增加哀傷與自憐。吹奏笛子有時會受限制，同樣的吹奏者的身分與笛子的種類有時也受限制。排灣族的笛子有多種，各部落有各部落專屬的種類。有用鼻孔吹奏的鼻笛與嘴吹奏的口笛。又因單雙管而分別雙管鼻笛、單管鼻笛、雙管口笛、單管口笛等。

綠瑪霖‧逖維雷棟所屬的部落，以雙管鼻笛為主，貴族家的男孩都必須學鼻笛，鼻笛的音是獨立的，不可以配歌；平民不可以吹鼻笛，但可吹貴族給的單管縱笛，縱笛是英雄的表徵。

謝凱‧逖迦和萊的部落則只有貴族與獵首勇士可吹奏雙管口笛。

卡判‧迭溜的部落只要是男孩就該學吹口笛。青少年夥伴不會吹笛子是件很可恥的事。古樓村頭目不會吹笛，因不好意思向人學。不會吹奏者，都由好友吹。

綠瑪霖‧逖維雷棟說：「以前沒有女孩子吹鼻笛，上天賜給女孩子會哭與會說的本性。」

時至於今，排灣族當中能吹笛子的人已寥寥無幾。

綠瑪霖‧逖維雷棟十八歲時成為村裡唯一吹奏鼻笛的人，其餘的年輕人則吹易學的口琴。派爾翰‧粑媧媧浪的口笛是爸爸教的，他爸爸生前很會吹笛子，叮嚀他不可放棄，放棄就沒有後代來繼承，現在由二兒子在學習。

派爾翰・軝媧媧浪的大兒子撒古流沒有繼承父親的口笛，但卻繼承了軝媧媧浪家族雕刻的巧手技藝。軝媧媧浪家族代代皆為打鐵與雕刻的巧手之人。

派爾翰・軝媧媧浪說：「貴族的榮耀與平民的榮耀都不一樣，我們軝媧媧浪家是平民，但是我們的祖輩們專門打鐵做刀槍，很受到大家的尊敬。過去打鐵匠很少，這就是我的祖輩們的榮耀。製造木質的梁柱、非常會雕刻，這也是我們家的榮耀。在部落裡我們雖是平民，但身價是很高的。」

同樣的道理，在漢民族的強勢壓迫裡，原住民只要保有原來的技藝，身價也是很高的，關於這一點，軝媧媧浪的大兒子撒古流很能體會。所以現在有許多原住民都已回到自己的部落，試圖保住正在流失的技藝，同時也有許多非原住民的朋友，一齊在努力，其中尤其是人類學家胡台麗老師。

胡台麗從一九九五年開始做排灣族的研究調查，然後將其深邃嚴謹的學術研究，抽出最浪漫情詩的一段，以最通俗的影像展現在世人面前。從笛聲探討排灣族情感與美感的紀錄片，是台灣生命底層的聲音，足以抒解台灣人共同的悲情。

註

＊資料參考自一九九七年，胡台麗、錢善華、賴朝財，《排灣笛藝人生命史、曲譜製作法記錄》。圖片由胡台麗提供。

濁水溪行腳

【啓航】

一九九三年秋，揮別家人，我帶著忐忑不安的心，隨飛機升空。略過雲端，舉目窗外，所有失事的陰霾頓然為瑰麗的山巒掩蓋。

我有一五四四年葡萄牙航海者的驚歎：「啊！美麗的島」。此刻映入眼簾的正是「許多林木蒼鬱的山嶺，峰巒插入雲中」，插出雲層的連綿峰巒，映滿來自溪邊暖紅的彩霞。

猶記布農朋友說：「台灣真大，怎麼走都走不完。」他說這話時，我們正一步一艱辛地移動在中央山脈的崇山峻嶺。我專注地追尋與飛機平行的台灣屋脊，試圖尋覓出曾經走過的痕跡。我發現所有的足跡像畫一般地融入山溫暖的懷裡，禁不住，我牽動嘴角，滿足地笑了。我明白唯有腳踏實地走過台灣，才能體會台灣的大，台灣的美。

可是接著，我開始為相機沒有隨身而扼腕。對一個攝影工作者而言，相機是身體的一部分，許是久未當攝影人，相機也擺脫好一陣子，但是每當好山好景出現，又不免要怨嘆自己缺手無目。

辨識出玉山的當兒，濁水溪正蜿蜒潛伏在機翼下的雲霧帶，而濁水溪眾多美麗的源頭，卻浮游在東方，一覽無遺。

玉山西行，以及玉山北峰向東北走進中央山脈的秀姑巒山、丹大山、白石山、能高山、奇萊山，乃至合歡山，這一線，像右手掌的虎口，千百年來牢牢牽引著濁水溪的命源。

一九八七年春，在台北春之藝廊展出「植物之美」攝影個展，之後到國外做短暫休養；那年夏天回來隨即投入濁水溪的拍攝。

濁水溪的拍攝，原本只是一名攝影工作者，完成第一階段攝影生涯後，單純投入的第二生涯計畫。可是，當觀景窗開放，濁水溪的回憶，竟是灰濛晦澀，無法與心靈感光，可是卻又有諸多呼之欲出但膠稠難纏的故事深埋其間。

故事如果僅是遙遠的過去，則不至於教人刻骨感動。意外的是，故事原來和自己生死與共，榮辱休戚，於是濁水不再是濁水。

濁水是生命的水，是母親的河，先人的心、同胞的血……

一九七一年某個禮拜天正午，我和羅相約在西螺大橋南面橋頭。

羅是西螺人，細瘦焦黑，頗有西螺的獨特味道；我們是高中同班同學。

這天，羅同學幫我圓濁水溪的夢。羅的計畫是，從濁水溪南邊的雲林縣走過西螺大橋，到北邊的彰化縣；然後下到濁水溪北岸溪畔，涉溪回南岸。

這計畫讓我興奮不已，我的妹妹也歡喜，所以這天我帶著妹妹同行。

正午時刻我們跨入大橋。這一座教科書一再標榜有三十一個橋拱，為東南亞第一大橋的「雄偉」建築，像血紅子宮一樣地拱成一個堅深的弧形，由最大的不等邊四邊形，向裡牢牢護住數不清的相同圖案。像在夢裡，掉到一個比一個小的幾何圖形，或是被一個比一個大的幾何吞噬，那種生命被抽離的無助情境，我們心甘情願地活生生、鬧哄哄地在亮花花的太陽下遭遇。

一公里，橋的總長。羅一路津津樂道孩提時的濁水溪經驗，當她說到，她們是如何地伸出鋼鐵的護欄，將頭顱探到銀絲帶的濁水溪上空，我和妹妹立刻將臉龐挪出「子宮」外側，可是就在我們用心蒐尋銀絲帶的當兒，震耳欲聾的喧囂嚇得我們趕緊把臉縮回。

一部大貨車，載著滿目猙獰的男子，張著血口，朝我們吼叫。狂吼因應隆隆巨作的引擎，和著子宮的迴響，霎時將我們擠壓在子宮的一角。不幸的是，一陣巨響未了，旋又一陣擾嚷喧囂。一波波巨響，時而接二連三地來，時而突兀地冒出。我們在暴起暴落的驚駭中，吃力地抵擋，舉步艱難。

不消說，在這樣的情境下我們沒有興致玩賞所謂的「銀絲帶」，一心只想快快結束這不勝負荷的夢魘。不想，一千公尺的橋梁，像走不過的世紀那麼長。呼嘯而過的狼哮，粗暴殘酷的凝視，只因為我們是這個男性國度裡的女性？

我想在我首次親臨濁水溪的經驗中，很不幸地便已深深地體驗，整條濁水溪、或整個台灣，其實就像一座，放任不同類型粗暴的男性文化，凶殘魯莽地來回穿梭與呼嘯的子宮。

【涉溪】

記憶中，我們用盡可能的速度，逃避那令人驚悸萬分的大橋。出了橋，天日重現，溪水就在看得見的小徑斜端等著。忘卻適才不快，我們專心地墜入羅的孩提影像。她說她和所有這附近的小孩，最常比賽誰能最快渡過數十道寬窄不一的濁水溪，抵達對岸。

我瞄眼望去，濁水溪由最近的一道十米寬水流，向後平行衍出間距不一、寬度各異的水道，而視線外的水，看起來只是一條條隱隱發亮的光線。

我們將要涉過和橋等長的距離回去，同樣千公尺，但刺激而無干擾。想到將有無數新奇美妙的小濁水溪所織成的銀絲帶等著我們去探索，除了興奮，還是興奮。

然而，興奮的情緒，隨著溪水滲入腳掌而迭有改變。

濁水溪雖然流速和緩，但不見底，叫人有種深不可測的恐懼。

發現我們縮回業已踩入水中的腳，羅安慰說，不要看它見不著底，那是水中多沙的原故；其實溪水很淺，不會蓋過膝

銀絲帶的濁水溪

蓋。深信羅的證言，終於我們腳踏實地觸及溪底的石頭。那冰冰的沁涼，在盛暑太陽下，抬起頭都讓人驕傲。

起初，我們各自下水，可是當第三次要落腳時，感覺水稍稍急了些。我本能地牽起妹妹，叮嚀她務必緊緊跟在後。我們又前進兩步，這時候水已過膝，我停下來看羅的意思。她說有時候水會蓋過膝蓋一點點。於是我們三人橫向串成一列，我在前，妹妹中間，羅殿後。

然而，不知不覺，我們偏離了原先設定的路線。事實上是越來越急的水流，一直將我們往下游推移。只要腳一上提，重心旋被溪水帶下一些。

這一些些又一些些的結果，水已及

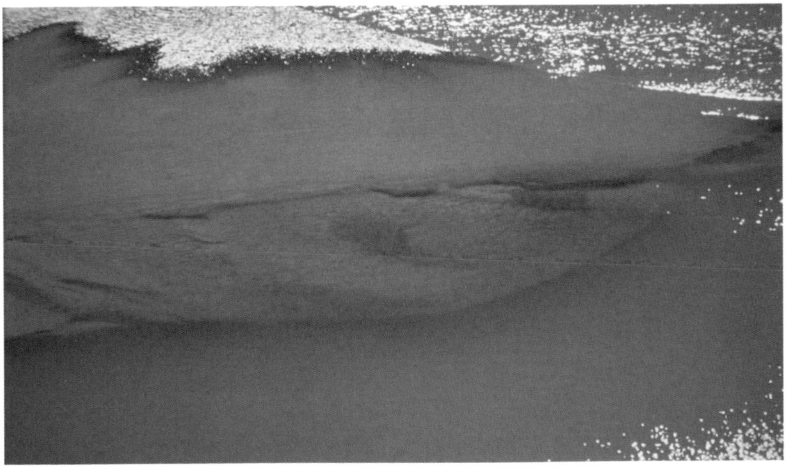

濁水溪清濁混合

腰，浸在水裡的下半身不斷被湍急的水打擊。我像一具墜入溪底倨傲的頑石，而濁水溪此刻正熱烈地吵著搬運我。我定定地貼牢自己，再也不輕舉妄動，不讓濁水溪得逞。

前進若是險路，回頭是岸。但是就在前瞻後顧，忖思著是否該走退路時，發現我們恰好置身溪中央。換句話說前進後退，路途一樣。簡單琢磨後，我們決定向前行；然後就在懵懵懂懂的小聰明與傻勁中，將自己一步步推向生命的絕境。

涉溪途中，雖然有時候覺得有點恐懼，但馬上又迷信自己的好運道；而當我阻礙了濁水溪平緩表面下狂瀾奔瀉的水路，我感覺濁水溪的忿怒；當我的腳一次又一次踐踏濁水溪的忿怒，它開始予我無情的吞噬。

我終於害怕了，當溪水吃進肩膀，我意識到可怖的情境。我憂懼地注視臉色蒼白的同伴，她們慌張的眼神讓我備感無力。我們靜靜定在溪底，絲毫不敢造次，像生了根地挽著濁水溪。但是來不及了，顯然濁水溪已經不諒解我們，它在我們腳底下不停挖掘，存心將我們淹滅。我平視渾濁但閃爍的溪面，陽光在水上不停跳動。水面下，溪水挾帶泥沙與石粒向我衝撞。我的腳踝深深植進石礫層，上半身劇烈搖晃掙扎，像海草般隨波傾仰。此刻嗡嗡的水聲，是唯一得以耳聞的聲音，這聲響喧譁得將我們與世隔絕。我們雖然仍緊緊握住彼此的手，但已喪失駕馭自身的能耐，我感覺軀殼與靈魂隨時可能剝離。

除非濁水溪奇蹟地放走我們，除非有其他力量可以制衡水力，否則，年少的我們，將隨流而去。我將尚未沒水的脖子，高高挺起，極目搜尋岸上可能企望的人影。然而，湍急的水浪，不時拍濺眼臉。

就在轟然水聲混雜魂魄交錯的恍惚中，我瞥見數條快速晃動的人影……

【重返】

一九八八年，我又回到西螺大橋。這次帶著官方核准的公函，舉著容易冒充槍彈的相機，掃射大橋。自那一回與濁水溪戲劇性較勁，十七年後，我終於明白，從出生的那一刻起，已命定我與濁水溪的沉浮。濁水溪源頭無數，發源於阿里山區的河合溪（今稱阿里山溪），是濁水溪南方支流清水溪的上源之一。這一源點亦是我個人生命的起點。

一九五五年我在阿里山出世，在那個不允許有歷史的年代，我像是貼著泛白牆腳照相的人，只見呆滯的人像，不見歲月的背影。

傳說鬼魂照不出影子，人無影子，無異於孤魂野鬼。一九八五年我首度關切自己失落的背影。一九八七年終於透過追溯濁水溪原相，讓自身長期空白的背景顯相出來。

日月潭記事

我站起來，離開座位。我要到車裡取相機。

取相機是我離開座位的理由，但那僅是表面理由之一；真正令我想離開的原因是我必須離開一會兒，梳理百感交集的情緒。感覺快要掉下眼淚；我知道在那樣的場面，淌出眼淚顯得過度煽情而不妥，所以我必須離開一會兒。

深秋的冷風迎面打將過來，日月潭水面淡淡幻起鐵灰色的漣漪。從這角度望去，日月潭一點兒也不美；雜亂無章的前景，黯淡無光的背影。

你端來最後一道菜，貼身圍坐過來，這時我才知道，從昨天晚上開始，人們口口聲聲的巴努原來是你。

其實一進門我已經看見你，由於沒經過介紹，我當你只是餐廳老闆。沒料到，才一會工夫，你滿腔的悲憤就灌得我鼻酸眼紅，當我猛然發現你微濕的眼眸，我的情緒頓時波動不已。相機在握，透過觀景窗，我以「職業」為藉口，肆無忌憚透視你。也藉著手的機械動作，平撫每一次被襲捲的悸動。

我並沒有仔細聆聽你敘述的故事枝節。事實上，今天發生在你身上的故事，在這個島嶼並不新鮮。台灣有歷史記載的四百年來，詐騙、欺壓、構陷業已形成文化殘缺的一部分。

可是，當你含淚苦苦嘲謔：「公告貼在他家的廁所，我們怎麼看得到?!」

我心頭卻不由自主地抽痛，我強烈感到帶著劇毒的歷史銳劍此刻正刺向你我。

所謂「土地登記」是國民黨政權取得土地的一種策略，不管目不識丁或讀過漢書的原住民，幾十年來都不能倖免地淪陷在這文明遊戲的暗槽裡，而一次又一次地喪失祖先的土地。

「我們都已經快滅族了，為什麼還要把漢人的罪惡加在我們身上羞辱?!」你的臉抽搐。

事件與我無關，但的確令我不恥，然而身為一名「漢人」，我卻很難抽離共犯的羞慚。

我翻閱手邊的資料：「日前媒體披露，日月潭依舊存有嫖客行為，而且對於未購買農產的遊客施以脅迫，強行要遊客簽本票立據，媒體並指這種威迫行為，是由當地山地姑娘要求搭便車，而早已設計的欺騙買賣行為。」「日前新竹市遊客在日月潭受騙，遊客們稱係受『山花』搭便車，復強行推銷茶葉、鹿茸，而商家又稱『山地秤』與『平地秤』不同。」「日月潭的嫖客經常以原住民少女為招牌，從事色情行業。」「政府只有宣傳觀光時，才想到利用他們。」

不覺間，距今將近兩百年以前的舊事映入腦海。「一八一五年水沙蓮通事勾結郭百年等人，在水里一帶掠奪邵族農地千餘甲。他們發現邵人可欺，便得寸進尺，偽裝成官員，帶領千餘名壯漢，進到埔里，大肆占地墾作。這件事引起邵人和他們衝突。漢人於是耍詐，欺騙邵人只要給大量鹿茸，他們便不再霸墾。邵族壯丁不疑有詐，可是等他們一入山取鹿茸，漢人便乘埔里守備鬆弛，一舉進攻，大肆焚殺。有道是『生番男婦逃入內崍，聚族而嚎者半月。』漢人非但奪走邵人所有牲畜、農物、土地，甚至挖掘邵族祖墳，盜取陪葬物。」

儘管郭百年事件的殘暴，足以驚天地泣鬼神；然而我此刻的心境卻又比閱讀此事件更為不堪。或許，歷史是過去的、遙遠的，所有的傷殘經過時間的稀釋，已經有了距離的護膜，痛覺不是那麼直接。而你現在攤在我面前的卻是這般活生生、赤裸裸、血淚斑斑，尤其那近似哀嚎的「我們都已經快滅族了」！

「滅族」誠然是生界巨大的變異，叫人心悸與惋惜，可是眼睜睜地看著一個族群的絕滅，除了是當代人的大悲之外，我更有一種無以名狀的椎心之痛。這種感覺就像是眼巴巴地看著奄奄一息的人在跟前逐漸死去。

你是這麼活生生地將我推進歷史的沉淪，這麼鮮明地讓我嗅到文明的惡毒，我好為難，好難受！相機在握，我找不出離開的藉口，但是我實在迫切地想逃開這鬱悶窒息的氣壓。突然我逮住你換氣的空隙，向你拋出郭百年事件，隨後旋懊悔不已。我如何要求劍正封喉的你，回應歷史?!只是，歷史此刻卻是我唯一能用來護衛情緒的藥方，想想也可笑，我必須藉著前世以跳脫今生！

幸好接下來的控訴，挪到室外，我跟著你穿梭在支離破碎的巷道。這是所謂重劃區的傑作，許多房屋被道路剖成兩爿，從一九八九年起邵人開始為這事抗爭。「當時搞重劃區的縣長已經到中央去當官了！」你以一貫嘲謔的口吻說。

一棟棟突梯的房舍，彷彿一張張缺耳無鼻的臉，向路過的我拋露猙獰的獠牙，我不覺恐懼，反倒有幾分忍不住的荒謬感。很難想像有人真的把一堆房子搞成這模樣，而且你們竟然也這樣「將就」地住了這麼多年?! 這像一塊被還不會使用刀叉的小孩切過的爛蛋糕，既讓人倒盡胃口，也沒有人願意清理。

也許是周圍布滿太多荒誕不經的景致，一時間反倒沖淡了一直滯礙難行的氣流。而當你在德化社，指著中國庭園式的碼頭，述說當時你們是如何拉白布條，給新上任前來剪綵的縣長難堪；我首度看見你深鎖的眉頭展開，那是一種拾回族群尊嚴的快慰。

「必要時，我要用我的番刀去拚，這樣死了，才有臉去見祖先，才能光榮地見祖先！」養蘭花的拉溫，漲紅著臉，悲壯地說。

一開始拉溫並不友善。你告訴他，是自己人。拉溫一改臉色，慷慨地邀我們進他的蘭園，同時取出好酒。我很高興你說，是自己人。

「妳有什麼問題，儘管問。」當你們藉過酒，仗著敵愾同仇，激烈地發過「番刀」的盟誓之後，你突然低聲地問。我的問題有些殘忍，望著已黯淡的天色，我猶豫。

最後在你的鼓勵下，我終於小心翼翼地開口：「據我所知，有歷史記載以來，邵族就是一個非常柔順的民族；清廷來了，你們自許為清的人民，幫他們打敵人；日本人來了，你們馬上歸順；國民政府一到，你們又變成中國人。是什麼原因，一向柔順的邵族，會有你這麼激烈的人？」

「以前我們不得不柔順，誰叫上面有泰雅，下面有布農！」你指著泰雅族的瓦歷斯與布農族的尤幹納布，引得大夥兒一陣笑。這是一整天來罕有的景象。接著你嚴肅地說：「我是在三十歲那年發現自己，知道我是誰之後我才開始著急，因為我們已經快滅族了！想想看，整個日月潭只剩下兩百七十四人！兩百七十四人！我還能等什麼?!」你激動地說：「我們一直被漢視！被欺騙！妳不會知道那種感覺！」

「我知道那種感覺。」我淡淡地說。

顯然我的回答令你不滿。我在思忖，應該如何讓你同意我的感受，而且又不傷和氣。剛剛拉溫不斷強調要多生兒子，以繁衍邵族，身為女性的我，旋即感觸女人長期以來被漠視、被使用與被欺騙。雖然我故意提「血緣」來暗示對強烈父權的不以為然，但是當你說出邵族人現在的處境時，我馬上掉入性別角色與族群角色的掙扎。

事實上，「我知道那種感覺」，是女人感同身受的解答。可是我發現當下放棄女人的角度，用漢人的身分，是比較明智的抉擇。

「我被蔣介石騙了三十年的感情！」我說。話一出，立刻惹得在場每個人會心一笑。

你的父親用流利的閩南話告訴我：「我們的祖先由阿里山過來追一隻白鹿，因為白鹿跑到湖中央的小島上，祖先沒有辦法過湖去抓鹿，所以放棄。但是這時候他們發現這是一個很美的地方，於是決定住下來。比較老的先留下來，年輕的回去帶族人和種籽。」

在你「受傷」的老家，所有擺設已全然閩南化，但是我依稀感覺那股曾經若「貴族」般的族勢。我望著客廳碩大的觀音菩薩畫像問你父親。

「也沒有什麼信不信；因為跟一些閩南人在一起，人家鼓勵拜，所以就跟著拜，反正有好不壞。」他笑著說。

你們真正信奉的是神案上那一籃祖先的舊衣裳。當我要求細看與拍照時，我終於掌握到些許屬於邵族文化的記憶。事實上在文字紀錄裡，邵族早被併入平埔族的一支，而且殘酷地被宣判「消失」。儘管如此，我還是恭敬地珍惜你們神聖的傳物，並且不去碰觸「祂」。我非常感謝你父親對我的信任。

「出遠門的時候拜祂，嫁女兒的時候也要拜祂，有重大事情的時候也拜。」他虔誠地說。

我讀過的文獻登錄，早期邵族的領域，南至濁水溪，北達大肚溪上游的眉溪南溪，也就是現在的水里到埔里之間。我向你父親驗證。

他愉快地回憶：「我大概七、八歲的時候，曾經跟老一輩的到魚池一帶收租。記得我們先給租農請吃一頓，然後帶回酒和年糕。」

原來邵族收租與阿里山鄒族如此相似；沒有金錢往來，真是溫馨。只是我頗好奇，一下子收這麼多酒和年糕，怎麼吃？

「酒裝在竹子裡，工作回來就砍一節來飲；年糕拆成籤絲，曬乾慢慢吃。」他笑著補充：「我們是很愛吃年糕的。」笑聲之後，他的語調轉為無辜：「後來日本人來了之後，講那不是我們的地，以後不可以去收租。」

「我們開始是住在石印，後來日本人講要蓋發電所，要把濁水溪的水倒到這裡來，水滿起來會淹到，所以我們通通搬到德化社，這算是一地換一地。」他露出還算持平的眼神，可是接下來，我不太敢注視他，「國民黨來了之後，講我們要繳地租，講我們住在國有林地，每年都要繳租金。」

比起年輕人的激動，邵族老一輩的反應，像極了日月潭的水，寧靜哀愁。

後記：邵族人口至二〇一七年已超過七百人。自從邵族發起正名運動之後，二〇〇一年八月正式被列為台灣原住民族，今為台灣十六個原住民族之一。

莫莉・雷恩／攝

狗臉的歲月

卷三

植物戀

過年，女兒籌辦家庭舞會，前庭的盆栽被請入廁所。

一個月後，這株近兩公尺高的大葉榕開始呈現枯葉，我們決定將它搬出屋外，再見陽光。可是一天又一天，一個禮拜又一個禮拜，始終沒有行動。大葉榕已脫落半數葉子，我們終於將它請出。

大葉榕離開廁所，留下滿地落葉，我尤問，要不要清理？其實他早已知道答案。就這樣，廁所沒了大葉榕身影，卻仍然瀰漫大葉榕的氣息。

朋友坐進座車，驚訝地說：「怎麼妳連車子裡都有樹葉！」樹葉是印度橡膠樹的葉，堅厚碩大，從地上拾起時還黃綠交染，在車裡放久了成深褐，葉身捲曲硬朗，活似一件高格藝術品。

車子裡的葉不見得每一片都刻意挾帶，有時外邊不經意飄進，也就留下；不挑它的形，留著只是留一份難得的機緣。

車裡除了樹葉之外，有時還有果核。果核不是自己飄進，也不會在車裡待久，它們大都成為客廳、餐廳或浴廁的飾品。琳瑯滿目的果實、果核與毬果，每每讓來訪親友驚歎不已，他們問：「這些都從哪兒來？」原來都是公園、校園或路旁信手拾來，比較罕見的則來自山區。曾經在丹大森林撿回三根布滿雲衣般多孔菌的枯幹，畫家友人讚不絕口，扛了一枝上台北。

戴了十年的耳環，上面銜吊著青剛櫟堅果。有一陣子台灣鐵杉玫瑰狀的輕巧果殼，不僅妝扮了長髮，也鑲成戒指，成了毬果飾架。

去年女兒從國外寄來一張鮮豔奪目的母親卡，裡面書寫著：「剛上完課回來時看到這張卡片就想到妳，因為每次妳都會為地上一片我從來不想再多看一眼的葉子瘋狂。這片是澳洲某種當地植物的葉子，上面是兩隻很吵的那種鳥，哦，超級欠扁的那種啦，妳每次都很慶幸被牠吵的那種啦！」

澳洲，極度保護環境生態的國度，嚴禁國外動植物入境，年前去澳洲居然帶了一片葉子入境！那天獨自一人在雪梨街道等公車，俯拾行道樹下的葉子，啊！是朴樹！摘下帽子準備鑲上，赫然發現，牛皮帽上已然有一片台灣朴樹！於是台灣與澳洲同登帽沿。

臨近阿爾卑斯山的瑞士觀光勝地，許多與台灣玉山薄雪草同源的愛得懷小白花，我購買了這花樣貌裁製的領帶，學植物的我ㄤ，每到夏天就繫上，這時也正是小白花的季節。

盛裝到中興新村領獎，回程發現路旁行道樹下，滿載落葉，顧不得車水馬龍，我掀起長裙，踩落葉，來來回回，直到盡興。

鬼石櫟

青剛櫟

樟樹落葉

台灣百合果

木荷果

作者戴著青剛櫟做的耳環。陳玉峯／攝

屋前兀自長了一株高大的構樹，日前厝邊為了停車，砍了大半枝幹。我ㄤ去跟人家吵一架，「我太太辛辛苦苦好不容易照顧到那樣大！」其實我哪有照顧？我不過偶爾給它吃水，大半時候則在欣賞它美麗的樹葉。我ㄤ一定是心疼我，因為構樹受傷而心生難過！

長梗盤花麻撕折成項鍊

大地的生機

「記得每天給它喝乾淨的水，山下比較熱，水要加一點冰塊，一定要好好養它，養到最小的花苞都要給它機會開放！」濁水溪畔花農殷切的叮嚀，好似我手中捧著的是她的孩子。這番叮嚀讓我想起鮑伯・肯那德（Bob Cannard）所說的：「以照顧自己的孩子的心來看待我們的作物。」

鮑伯，一位外貌粗獷卻對土地懷著溫柔慈悲心的農夫，在累積二十年實務經驗所講述的《新世紀農耕》中，不僅提供一套完整而切實的有機農耕作業，最珍貴的是蘊藏在這些實務背後的道理與哲思。

近年來人們不斷探索，環保與經濟孰輕孰重？兩者能否並存？鮑伯提出了最佳的明證，環保與經濟可化敵為友、攜手共進，然而這前提是，人們要有一顆大自然的心。鮑伯在《新世紀農耕——人對土地圓滿的愛》談的既是文明，也是自然；既是經濟，更是環保。

「我們必須讓野生自然、世俗栽培同時存在，園丁對大自然的責任和對栽培田園的責任是同樣重要。」鮑伯如是說，而他認為「我們要以最簡單的方式來了解大自然，同時盡量簡化耕種與栽培。」

這是一位兼具自然主義與人道主義的園丁，對大自然時時懷著無限的謙虛與感恩，「如果你必須使用某塊地時，要盡量小心，避免破壞它原始的生長環境，在使用地之前，先收集此地與鄰近各種不同植物的種籽，觀察植物生長的情形。等用完這塊地之後，再將所收集的種籽播種在原來的地方。」此外，他亦理解自然界中生物歧異度的可貴。

鮑伯透露了認知自然、體貼自然、享受自然與呵護自然的理論與實踐，許多非常現實的與實務性的事務，在他的耕作中都可以進入哲思的思維，包括工具的使用，都映照出智慧的光芒。與其稱為農夫，不若稱其為自然田園哲學家。

鮑伯另一饒富趣味的是對害蟲之於植物的詮釋。他說：「把害蟲的存在，當成植物衰弱、養分失調的提醒。」換言之，所謂「害蟲」類似人之「發燒」，發燒是一種警訊，從這警訊找出身體的病症，對症下藥，不要只一味地退燒。同樣地「把昆蟲或動物視為害蟲殺掉，絕對不會讓你占優勢，要找出動物與蟲子出現的要因，從根本問題下手，才是解決之道。」「大地需要成為友誼的田園而非仇視的戰場。」

在鮑伯殷殷的語調中，我們領會的不只是知識、觀念質樸的介紹，我們更可感受自然人性最深邃的面向。此外，書中散見對土壤學的情意性解釋，與輪耕的旁註，皆摒除理論教條，使用其標榜的簡單方式陳述，不僅是一本極為實用的工具書；也是一本足以洗淨人心的心靈改革書。

社區行道樹

人原本是自然的一員，然而在都市文明化的過程中，人類一點一滴脫離自然，終而全然遠離自然；與自然全面隔離之後，人類猶如根不著土的樹木，嘴不沾水的魚兒，各色各樣的怪異畸像與病魔逐一上身。為彌補都會居民虧空良久的自然糧食，我特地擬訂一套，如何讓市民於住家附近接近自然擁抱自然的近中長程計畫。

如何設計一套民眾在居家附近觀察、親近與享受自然氣息的計畫？經長時期的勘察之後，發現觀察與記錄或認養行道樹、公園綠地，以及認識並親近校園綠色生態，不僅可以有效、直接而方便地欣賞近在咫尺的自然生命，同時可因結合學校、社區綠色生命，培養親子感情，更可以讓都會區中長期因忙碌而疏離冷漠的左鄰右舍，因為有了相互可觀察、關心且投注情感的目標，衍生社區情懷。

「社區行道樹」為都市綠色生態重要的一環。台灣都會在失去自然景觀之後，反而因應「現代文明」的需要，在各新興路段計畫性栽植行道樹，行道樹的功效，或許只是都會區應景的裝置，因而並不被大多數的市民鍾情，相反地卻因為某些基於「商業機制」或反自然文化的私心而任意破壞。

行道樹在政府與百姓有意識或無意識當中，以不「人道」的手腕，行扼殺與摧殘；這樣的結果暴露出，行道樹雖貴為地球生界的一員，卻因為人之本位而淪為無生命之「物」的境地。

事實上，就行道樹之於社區居民而言，由於住民對於行道樹恆常欠缺「溝通」與認知，使得行道樹難以健美壯碩地融入社區，成為社區生命的一份子。社區居民也因為礙於「溝通」橋梁，而每每錯失居家周遭生為生界一員的行道樹，隨著四季起舞所捎給人們的生命喜訊，實為可惜。

針對社區居民與行道樹之間的疏離，我特地為「找回社區的愛」而為社區與行道樹設計「社區行道樹認養計畫」；計畫分為近中長程。近程計畫設定為準備工程，先做自我充實與儲備工作；中程計畫為對外推廣，出版相關刊物，落實社區行道樹生態之旅，進行認養、觀察與記錄，發展知性與感性的市民自然教育；遠程計畫則將中程計畫的內容擴達到全市，並由實際不斷的試驗與改良發展一套屬於市民的社區行道樹教材。希冀一來從引導、欣賞、認識、認養到愛護，以長期行道樹的觀察與紀錄，發展共同的話題，建立社區共同的符號、意象，喚醒社區居民的生命共同體意識。繼而移轉社區居民對樹的欣賞與愛，深入到社區環保問題、親子教育問題等多層面議題。二來透過社區居民有組織地參與，希冀藉由人與樹間「生命與共」的情誼，使得行道樹得以健康成長蔚為都會「綠色隧道」。將行道樹的優點與人民公帑達到最有效的發揮。

楓也瘋狂

我專注地在大葉山葡萄火紅的羽狀葉上對焦，四名下山的中年人經過，其中一名矮胖的婦人湊身過來，仔細瞧瞧鏡頭前的植物，然後說，是楓葉。

我正在拍無患子由綠轉黃的羽狀葉，一對中年夫妻正好上山，他們好奇地問，是楓葉嗎？我撿無患子球圓油亮的果實告訴他們，這是早期台灣人用來做肥皂的東西。「哦～bua ve gi！」他們恍然地笑開來。

我用長鏡頭捕捉溪谷不遠處台灣櫸木林中殘餘的紅葉；一群人從我後邊經過，其中一名男士，經驗老道地跟其他人宣布，現在楓樹正紅，最有看頭。

我窮極目力，昂首框準矗立在山徑旁豔紅的白臼，兩名學生從山頂下來，他們說，哇！好漂亮的楓樹！

這是最近三個月來，我在台中北屯區的頭嵙山作業時，諸多「啼笑皆非」的遭遇當中的少數幾個例子。

除了以上幾種植物之外，被說成楓的還有九芎、柿子、土蜜樹、烏臼、楓香等。而終於我也知道了，什麼是「台灣楓」。原來對大多數的台灣人而言，「楓」泛指所有葉子會變暖色系的植物。

然而，正當這等俗民化的楓葉情，在此渲染之際；另一種爭議不休的「楓、槭」論戰，則每值深秋，亦頻頻在媒體上摩拳擦掌。

有「識」之士言之鏗鏗：辨別楓與槭要看葉子是互生或對生，互生為楓，對生是槭；此外，楓的果成球形，槭的果實有翅膀……云云。事實上，這裡所謂的「楓」，指的是金縷梅科的楓香，也就是都市中常見的行道樹之一；「槭」指的則是楓科Acer屬的一些植物，如青楓、台灣紅榨楓、台灣掌葉楓……等。

許多人或許以為知道了所謂的槭與楓，較之那些總是把所有紅葉都誤成楓的人高明；事實上，這是五十步笑百步。

楓香之所以名為楓香，是因為它的葉子長得像楓，而且又具香味。換句話說，楓香並不是楓。既然楓香不是楓，那麼楓在哪裡？原來正宗的楓，現在的人叫它槭。至於何以楓香變楓、楓變槭？這中間有一段很長很長的歷史發酵過程。而且這段歷史大概可追溯到一千七百多年以前。原來古代許多中國的植物學者、文人或藥師，雖然沒有親眼看過楓香，但卻憑字測意，認定楓香即楓，而且還流行

台灣櫸木 俗稱紅雞油

楓香

青楓

台灣紅榨楓

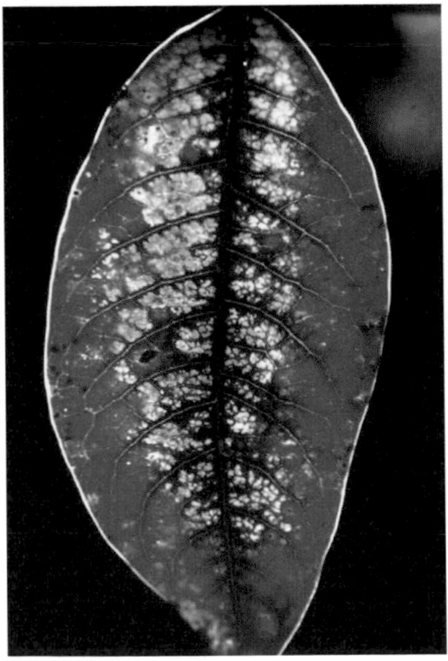
白臼

尖葉楓有翅的果

把錯誤的知識互相抄來抄去。這段期間楓香只是被誤成楓，原來的楓還叫楓，也就是楓香與楓混淆不清的時期。

什麼時候開始，楓變成槭？大約兩百多年前（一八〇三年），有一名日本人，因為受到李時珍《本草綱目》的影響，把楓香跟楓混為一談。當這名日本人認定中國的楓樹就是楓香之後，就很雞婆地把Acer屬的植物找一個新名詞，叫「槭」。從此日本各代植物學家都沿用槭這個名字，同時還將這驚人的發現傳入中國與台灣。於是就這樣「楓香變楓、楓變槭」。

註

＊楓樹與楓香的辨正，參自李學勇，一九八五年，《中華林學季刊》18（3）：93-103。

東海午後的自然心

午後東海校園，我與我尢悠閒地在恬靜清幽的教職員宿舍裡對弈。外邊突然傳來一片殺伐之聲，我們打住「楚漢相爭」，推開紗門，探個究竟。

前門左側大樟樹上，赫然出現一名持大鐵鋸的年輕人；樟樹下橫陳幾株業已鋸落的粗壯枝幹；年輕人此刻正要鋸除延伸在我家正門前的另一枝幹。我趕緊喝止，並追問去除枝幹原委。

「這樹長得太密，已經遮去路邊的街燈；他是我兒子，我叫他來整理。」樹下一名牽著哈巴狗的婦人解釋；還自我介紹，是對面哲學系教授的太太。

我逕行到馬路，瞧瞧街燈與樟樹的相關位置，然後指著前門的枝幹說：「它沒有擋到街燈。」

「哦，它擋住屋子，遮去了光。」哲學教授太太好心地說，然後熱心地指著她家前面那棵光禿禿的樹幹告訴我，那樹她每年都要修剪一次，「不然陽光都被遮去了，沒辦法曬衣服。」

我說我不在這兒曬衣服，隔壁鄰居也一樣。「可是它已經擋到妳家的通道了。」她嚴重地說。

我平著臉表示不介意；同時阻止跨在樹上正要鋸其他枝幹的年輕人。

「這棵樹又不是長在妳家，妳沒有權力決定。」哲學教授的太太居然生氣。

我把隔壁獨居的環工系系主任找出來，因為樹長在他家前院。環境工程系主任說沒意見。

「主人」既然沒意見，兩個女人只好重新廝殺。結論是我只要守好自家前面的枝幹，其餘無權置喙。年輕人於是在母親的吆喝下掄起大鋸，執行劊子手的職務。

「這種樹是本土樹木，叫樟樹，最大的特色在於枝幹。」我態度和緩，比手畫腳向哲學教授的太太解釋樟樹之美，企圖說服她鍘下留情，「它那種展延伸曲的枝幹，早期是台灣雲豹最喜歡棲息的地方；台灣雲豹會趴在樹幹上休息，畫面非常好看，而事實上光是欣賞它的枝幹，就能發現它的優美。」

然而，哲學教授的太太不但對我的言語充耳不聞，眼神還隨著鐵鋸的起落揮舞，且大剌剌而露骨地顯出光彩奪目的歡喜。而後她邪門地盯著我家門前的樹幹，反過來遊說，「那樹幹擋住通道，進進出出一定會碰到，那樣會讓人很難過！」

「哦，我喜歡那種與樹木碰觸的感覺。」我微笑著回答。

「妳看，這樹幹橫在這裡，掉得到處都是葉子，」她指著滿是落葉的通道數落，「清掃起來很麻煩。」

「啊！我不掃，我就是喜歡這些落葉，踩在上面沙沙的聲音好清脆，這是自然的音樂。」

「妳看妳都不整理庭院，讓它這樣亂七八糟，又髒又亂，在美國鄰居是可以告妳的。」她突然帶著慍色對我的庭院指指點點，並突如其來地岔到美國去。

我一時跟不過來，想不出為什麼跑到美國去了？

「妳應該去看看十七巷鄭教授家的庭院，」她頭一揚，手一揮，視線飛得老遠，「人家院子整理得井然有序，庭院全鋪滿了韓國草，又翠綠又好看，上面乾乾淨淨一點葉子也沒有……」

就在她讚許鄭家整齊清潔的庭園時，我環顧我自然而洋溢生命力的庭院。這時候正是暮春五月，黃鵪菜、鵝仔草、紫花藿香薊……競相奔放。我兀自陶醉在滿園春色中，然後，有感而發：「其實我們不用大老遠跑去野外或山上欣賞大自然。妳看，這就是自然，春夏秋冬不同的季節，開放不同的花卉；不同的種類，不同的花色，在在顯現大自然不同生命的神奇與美妙。為什麼要把這麼美麗的景致剷除，種上沒有任何季節變化的植物，然後才帶著孩子跑去別的地方尋找自然？自然本來就可以在我們的周圍啊！」

哲學教授的太太，眼球空洞地拋在樟樹與我之間，我的聲音裊繞在另一個與她毫不相干的空間。她視茫茫，了無興致地任我不慍不火的「嘮叨」，而與她一繩相繫的哈巴狗，這時候與主人一樣顯得百般無聊。哈巴狗逐漸浮躁起來，終於，在我苦口婆心的誘導聲中，哲學教授的太太，被那鬧情緒的狗兒硬生生地給牽回去。

幾個月後，我偕女兒到澳洲短暫居住。在親人將近三百坪的居家庭院裡，大樹林立。「所有的樹都不可以動，尤其是本地樹種；如果要修剪砍伐一定要經過官方的同意，雖然它長在自家庭院，但還是屬於國家的。」親人如是告訴我。

數年之後，朋友移居在加拿大的父親吃上官司，因為他擅自劈短了門前的一棵大樹。「在我們中國人的觀念裡，樹不能比房子高，所以我才會去修剪它。」朋友業已成為加拿大公民的父親說。

「在台灣，要辨識原住民與華人的居所，只要看看居家附近的樹木便知道；沒有樹的就是華人的居處。」這是一八七二年，來自加拿大的馬偕對台灣的觀察心得。

「中國人」一向自詡為愛好自然的民族，然而在日常生活中，卻處處與自然過意不去，所謂「篳路藍縷，以啟山林」在在印證了人本主義的反自然情結，而這樣的反自然情境放諸四海皆然！

玉蘭花

車站、馬路邊和各處公共場所，時常有人賣玉蘭花。

我從不買玉蘭花，因為我不喜歡那濃郁的味道。

有一年夏天，我卻買了玉蘭花，是在公車上，而且不只一串。

我第一次衝動想買玉蘭花，是當我正要上公車的時候，發現一名扶著竹籃，撿拾滿地玉蘭花的中年男子。是因為我背後的乘客，魯莽地把我推擠上車，使我沒有機會買花。

我第二次衝動地想買玉蘭花，是當我發現那名男子，拎著竹籃，穿過逐漸不太擁擠的乘客，往公車側門移步時。我從最後座的地方，望見他無限憐惜地整理籃子裡的花。潔淨無瑕的玉蘭花，一層一層地向圓排列，像蓮花一般地襯在青翠的月桃葉上。雖然我想跟他買一串花，但是我並沒有舉動。我只放任自己，坐在座位上，遠遠地注視他。當車速稍稍緩慢，他停在門口，叉雙足，放手握起掛在腰際的噴水器，細心地滋潤竹籃裡的花。然後他彎下腰，將籃子放在車門靠階梯的邊上，一面還不太滿意地理一理業已有條不紊的花朵。這時候，他上衣及褲腰間露出一大截的肉。當他直立之後，裸露的肉體鬆垮地跨在褲腰上。他用力地提一提褲頭，可是一放手，褲子又滑落。他索性放任它去，褲子滑到臀部，微微露出雙股間的谷痕，便打住了。他左手拉著車環，右手橫過竹籃的上空抓住近門的鋼柱，像守衛者護衛著他的主子。當他回首瞟向車外時，我看見他多屎的眼和水腫的臉龐。這時候，我覺得我應該向他買一串玉蘭花。

可是我猛然發現，下一站就是我的目的地。我趕緊奔向車門，試圖在車子未抵站之前，占好下車的位子。然而，他的手臂和玉蘭花卻阻在我和車門之間。我鑽過他的手臂，小心地跨過竹籃。隨著我高起的腳，我聽到他慌張地念著，阿彌陀佛。俟我靠緊車門站穩之後，他雙手合十再度念著，阿彌陀佛，罪過、罪過。我好奇地看他，未料他竟傾身過來，用遲鈍且含糊的聲調，怒不可恕地說，妳從我的花上面跨過，妳要賠我。我將臉別向車窗外，一面避開他難聞的味道，一面觀測是否抵站。公車這時候正陷在壅塞的車陣裡牛步地行進。我想起我原來要向他買花。我把臉轉回去，告訴他，我可以賠你錢，你要我賠多少？他舉起右手，比出五根指頭，並用渾噩的聲音說，五百，妳要賠我五百。凝視他貪婪的眼神，我失望地對他苦笑並搖首回答，太多了。他頓一下，折回三根指頭，說，兩百。我不屑地搖搖頭之後，感慨地對他說，我本來想跟你買花，但是我覺得你這樣很不好。霎時間，他露出空洞的眼神，而後，冷不防地給我一串玉蘭花。顯然我是錯愕不及地接過玉蘭花，然後我翻開皮包找出一張百元鈔票給他。他拿著鈔票問，妳沒有十塊錢？我佯裝沒有。他猶豫一下，收下鈔票，彎下身子，大把拾起玉蘭花。我急忙阻止，嘴裡還不停地喊著，我不要那麼多！他放下眾多的花，以商量的眼神和動作徵詢我同意多拿一串。他把花遞給我之後，又掏出一張五十元。我聳聳肩接過鈔票。這時車門已開，我匆匆下車。

走在路上，我拿著五十元兩串的玉蘭花，拋棄也不是，留著也難過。我實在不喜歡玉蘭花。

觀景窗外

自從「攝影」正式進入生活以後，生活便失去悠閒；總是每次遇到特別的景物，都會強烈地企圖透過觀景窗來定格。

居住水里的前四年，觀景窗幾乎是生活的全部。

水里，位於濁水溪與水里溪交界的谷地；三面環山，一面向溪（濁水溪），水流（水里溪）居間，經年籠罩在濃淡不一的水霧中，舊名就叫「水裡坑」。

天龍橋，橫跨水里溪，是維繫水里鄉東西兩岸主要橋梁之一。那一年沒有影像的意外際遇，就發生在天龍橋上。

正午時刻，由餐廳歸來，步上天龍橋的剎那，發現水里未曾有過的澄澈晴朗；天是湛藍，水是雪白，而坐落在溪畔的住屋，更是分外鮮麗奪目。當下直接的反應，自然是加快腳步，準備趕在天尚未濛霧之前，架出家中的攝影器材。可是另一種念頭，卻又緊緊抑阻著加速中的腳步——為什麼不暫時撇開觀景窗，享受一次沒有框框的自由？矛盾躊躇中，終於，佇立橋上，昂首放縱自己恣意接受水里溪上徐徐的和風。

雲，貼在天際，剪成各種不同的形狀；水，跑在溪底，發出各種不同的光譜；可是，狗，這早先並不在紀錄當中的影像，卻出其不意地躍入眼簾，以一種令人無法立即接受的舞步現身。

來自天龍橋下的狗，跌跌蹌蹌。不甚負荷的腳步，因為嘴裡銜著一隻和自己體積顏色相近的鵝。經過宰殺去毛的鵝，垂晃著長長的脖子，任狗艱澀地緩緩移向溪。我感覺有些莫名，但很快便會意過來，原來是橋下養鵝人家差遣他們的狗兒將病變的鵝銜到溪裡去丟棄。瞧狗兒羸弱乾癟的身軀，忍不住要責備牠的主子過分剝削勞力。

挺不容易的，狗兒總算抵達溪邊，溪水逐漸浸濕牠的腳底，只是不知怎地，牠竟不肯拋棄鵝兒？兜個彎，轉離溪水，卻是往河堤的方向爬行?!仔細辨視牠的神態，乖乖！分明是一隻狗賊?!牠硬是如此斗膽地竊取一頓和自己體積相等的午餐，委實貪得有些超過。

爬升一米之後，牠卸下口中物，在蘆葦叢邊認真地喘氣。我頗好奇，究竟牠將如何吃下這一餐?!吐著大舌頭，牠震抖全身，細細地環顧四周，然後才察覺不妥地將鵝拖入蘆葦叢裡去。雖然隱去牠的身影，但我依然耐性地等在橋上。我很想看看吃下和自己體積一般大小的食物之後，一隻狗會變成什麼模樣？

幾分鐘後，牠終於由蘆葦叢背後現身，體型沒變，口中銜著的鵝也和先前一樣，依舊那般死樣子垂晃著長脖子，任由狗帶向堤防的更上方。看起來這狗兒是嫌棄剛才的地理位置不夠舒暢！最起碼也要挑個隱密性足夠，視野也不能太差的地點來飽食一頓，畢竟水里難能可貴的如此這般青山綠水，景致怡人！想到此，我打自心底同意，並會心地笑了起來。

大約在堤防三分之二高度的地方，牠停住了。這是一個蠻不錯的位置，背靠堤岸，上有篦麻子遮蔭，左右兩側高聳的狼尾草恰巧可以做掩護。只見牠滿意地卸下鵝身，伏坐下來然後伸長舌頭，對著溪的這一面，痛痛快快地哈起氣來。

我迫不及待地期盼著，好似牠的這一餐也是我的一餐。當牠把狗臉嗅近鵝肉的剎那，我立即感染一絲絲香醇的喜悅。可是肉香還沒有溢灑開來，牠卻又不甚滿意地起身，叼起鵝肉，展開另一波辛苦的搬運。

我的耐性這時候差不多已被磨光了，對這隻挑剔的賊子，要不是與牠相距數十來米，中間又阻隔著溪水，我相信我會毫不猶豫地衝殺過去，將那一整隻吊足我胃口的大肉搶奪過來。

然而，很意外地，牠竟是如此的愚蠢！在光天化日眾目睽睽下，捨棄所有足以隱藏身分的有利地點，偏偏費盡氣力將竊得的贓物帶往毫無遮攔的堤岸上面？我在心底暗地詛咒，希望牠最好被鵝主人逮到，好好地吃一頓揍！

可是一到堤面上，牠的行徑突然怪異得令人費解。牠很快地丟下鵝，一秒鐘也不停歇地搖搖屁股，消逝在堤防的另一方。

我有一種被狠狠耍了的感覺，愣在橋頭上，久久闔不上分開的唇舌。眼看就要打贏這場戰，敵人卻不玩了，這種揮棒落空的滋味，挺不好受的。

偷而不食，牠費那麼大的勁，到底為了什麼？我肯定遇到一隻百般無聊的天才頑皮狗了！

毫無疑問，我臆測所有狗的想法，在狗身上一而再、再而三地印證了滑稽的錯誤。尤其證實牠是一隻頑皮狗之後，我開始不甘心地痛恨起自己。事實上，如此風光明媚的下午，我應該經營的是觀景窗裡的影像世界，捨棄這麼罕見正經的景致，白白跟一隻灰灰瘦瘦一點也不正經的賴皮狗消耗一個費神的下午，我覺得自己需要嚴重的反省。

癱瘓在堤岸上的鵝，失去頑皮狗的操作，即使在陽光燦爛的撫照下，仍然清冷得浮顯出死屍特有的蕭瑟。我悻悻地移開關注在鵝體上的目力，正預備轉身，堤岸的那方，曾經是頑皮狗消失的地方，忽然出現兩張稚嫩無邪的狗臉。我不由自主地又被吸引了。兩隻揚著小尾巴的小狗很快上到堤岸，牠們喜孜孜地奔向鵝身，然後在鵝四周雀躍，並不時貪饞地嗅嗅鵝香。頑皮狗這時又出現了，小狗兒搖動小屁股，快速地迎向牠。而後，兩小一大，交頭接耳地齊齊向鵝靠近，小狗兒像被允許似的，開始試著啖鵝肉，大狗兒愛憐地舔舔小狗臉，兩隻小狗經過一陣挑撿，最後分別趴坐在鵝的兩側，自顧自地大口咬食起來。

狗媽媽沒有參與分食的行列，牠站在小狗身旁，殷勤地照理牠們。突然，堤岸左方出現一隻聞香而至的大黃狗。堤岸上溫馨的畫面，頓時起了緊張的變化。狗媽媽凶惡地逼向體型大牠一倍的黃狗，嘴裡還放出尖唳的警示聲，經過一陣叫囂，大黃狗識趣地退去。狗媽媽絲毫不放鬆地四處巡視，然後保持警覺地守在黃狗出現的位置。許久，才安心地鬆弛自己，坐倒下來，滿足地欣賞一雙正狼吞虎嚥的子女。

我必須承認又一次犯了不可原諒的錯誤；對眼前這一位可敬的母者，我道伊是賊，是無所事事不正經的無聊者。我在內心對自己的無聊與無知慚愧不已，同時也在心底惶恐不已，我非常擔心，萬一鵝主人發現小狗和牠們的母親，不知不覺中竟喃喃自語：小狗小狗快快吃，千萬別讓鵝主人發現才好！我用感恩的心情，鎖著眉頭，細細地品味這一幕豔陽下的慈母情懷。可是，逐漸地，悔恨的情緒不禁油然而生，為什麼這時候相機偏偏不在手邊？

鸚鵡

一九九九年元月，雪梨郊區陰雨的夏日午後，一道黑影伴隨著速度的撞擊，驀地從天而降，隱沒在後院草坪。

舉杯淺嘗下午茶的我，推開紗門，在潮濕的草坪中尋覓。墜落的鸚鵡，靜謐無息，卻在我轉身欲離去時，按捺不住；也許是摔傷了，雖極力展翅，卻始終無法揚起身體飛離地面，就這樣讓我逮個正著。

車庫有鳥籠恰可安置牠。鸚鵡身長十來公分，全身鮮綠羽毛，僅從頭頂延展至鼻間披覆著橘紅色。這鳥在澳洲是自由翱翔的天空之鳥；此處最吵嚷的無非是滿天飛鳥的鳴叫，特別是各式各樣鸚鵡渾厚嘹亮的聲音。

受傷的鸚鵡，基於自衛本能，孔武有力；強而有力的爪勾住籠子裡的樹枝，尖鉤型的喙不時做出啄人的模樣。我準備水和米粒，但牠不領情。約莫一刻鐘，鸚鵡安靜下來，只是身體逐漸下垂，顯得有氣無力，最後整個倒栽。

住澳洲的姐姐來看我，有養鳥經驗的她說應該給牠吃糖。就這樣墨褐色的大瓷盤裡，一小撮晶狀的糖粒，旁邊躺著奄奄一息的鸚鵡。

一天一夜，鸚鵡無起色，也沒斷氣，情況並不樂觀。

第三天一早，出人意表地鸚鵡恢復神智，起身走動，但仍拒絕進食。鸚鵡的食物以水果和種籽為主，我試過各種水果和種籽，唯不受青睞。索性置一籃水果任其挑選，結果牠獨鍾高甜度的青綠小葡萄。牠用尖喙把果肉挖出來吃，有時還用腳爪抓住，邊翻動邊咬，一下子工夫，一小串的小葡萄剩下縮皺的果皮。

有了進食能力，鸚鵡旺盛的消化系統，很快地轉化出旺盛的排泄運動；此後，凡經過必留「痕跡」，逼得我不得不用小葡萄將牠誘回籠子。小葡萄可真讓鸚鵡樂不思蜀，一整天籠門敞開，但牠緊守葡萄串寸步不離。

第四天出太陽，鸚鵡、鳥籠、葡萄一起在後院做日光浴。籠門暫時關閉，以防萬一。聽聞姐姐親眼目睹，養了數年的愛鳥，飛出籠子，旋被出獵的大鳥逮個正著，讓她心疼萬分。

下午，後院出現有趣畫面，尤加利樹上飛來兩隻鸚鵡，與地面的同類相互交唱、熱鬧非凡。養一隻鳥，欣賞三隻，是意外收穫！鸚鵡身上醒目耀眼的色彩，在複雜的環境裡，除了容易辨認自己的同類之外，也是大自然鮮豔的精靈。此後，鸚鵡一直引來同類。也因為我的放縱，原棲息樹幹上的鸚鵡遂在籠子外面搶食葡萄。三隻鸚鵡，一隻在籠子裡頭，兩隻在籠子外頭；我為牠們照相，發現牠們的體型有些差異，舉止之間也不太尋常。是一家子！我看出來，牠們是一家子！籠子外面那兩隻，分明是裡面體型小一號的父母！

一週後我將回台灣，姐姐收養小鸚鵡的興趣濃厚，可是我覺得牠應該回到父母身旁。每次天一亮，鸚鵡雙親便殷勤來召喚孩子，我委實不忍拆散牠們。

有鑒於單一食物對身體營養的不足，我曾經試過其他食物，可是小鸚鵡就只偏愛小葡萄。小鸚鵡日漸健壯，澳洲國慶日那天，我將牠抱到茶樹上，準備放行。小鸚鵡跌跌撞撞，既無法攀樹，更不會飛翔。在大樹上的兩老目睹這一切，我攤開雙手無奈地請牠們再等幾天。

三天後，我選擇比茶樹更高大粗壯的帝王樹，雙手托著小鸚鵡，從較低的樹幹開始護著牠往更高的位置攀，牠的腳步較之前平穩多了，只是還不會飛，那應該是牠父母的責任。

鸚鵡父母此刻專注地監督「我們」，由於對我不信任，所以跟「我們」保持距離。當小鸚鵡終於攀登到我擱不到的位置時，我雙手護在牠的正下方，準備隨時接受萬一跌落的牠。小鸚鵡上到第三枝分枝幹時，牠的母親咻然飛到牠身旁，母子或母女倆廝磨著嘴，母親一邊殷切親磨孩子的嘴，並不斷地理孩子的羽毛。鸚鵡爸爸居高臨下，監視我，也留意天敵；良久，覺得已不受威脅，遂加入親情的溫潤裡。就這樣鸚鵡爸媽一前一後，緩慢地護衛著孩子往更高的樹上攀升。

「看好牠，不要再讓牠掉下來！你們這對粗心的父母！」我含淚昂首高喊。

後記：鸚鵡跟牠父母走了之後，我寫給女兒的信——

畢竟妳尚未成年也未成熟穩健，有些時候不拘束妳一下，還真的是可怖的冒險。記得那隻鸚鵡否？我那時候問妳，把牠放出去會害了牠，因為牠太弱，可能會被別的動物吃掉；可是把牠關在籠子裡又於心何忍，畢竟會飛的鳥就應該去飛。

妳說，放了牠，即使會被吃掉也要放走牠。我相信這話有一些些是妳自己心境的寫照。一月二十六日的澳洲日我們因為妳要獨自進城去狂歡而彼此不愉快，那天傍晚，我有點賭氣地真的放了鸚鵡，而牠委實太弱了，不但飛不起來，連爬樹都成問題；最後我又將牠送進籠子裡；同時也覺得應該對妳有適度的「保護」，不能一任地放縱；特別是一月二十九日將小鸚鵡交給牠的父母帶走之後，我更發現「父母保護孩子」，是鐵一般的自然定律。

吊床上的鳥巢

自然就在周遭，給自己留白，給自然機會，給自己機會。

印尼友人來訪時，帶來一床精緻的吊床，暗紅綿麻編織的吊床，大小剛好符合我的size。

我將吊床吊掛在書房的陽台，陽台上有三大盆栽，裡面的樹除了九芎與白榕之外，其餘都是自己長出來的，有芭樂、枇杷、構樹；除此之外，陽台下的後院也是一片繁盛的樹林，同樣的其中有幾株是刻意種，但絕大多數是自己長的，其中又以一株高過四層樓的鳳凰樹最成形。鳳凰樹長在陽台左前下方，茂密的枝葉正好遮蔽左鄰右舍難看的屋角。鳳凰樹旁邊有桑樹、月菊、兩株高達兩層樓頻頻結果的木瓜，還有柑橘、姑婆芋、台灣欒樹、白雞油、欖仁、青剛櫟、雀榕……在這都市水泥叢林，我的後院與陽台成了都會沙漠的一方綠洲，也因此蜥蜴、松鼠、鳥仔、蟲仔、蝴蝶等等頻頻造訪。

每當在電腦前疲倦時，只踩個兩三步，便進入吊床的溫柔鄉，久而久之，在群樹圍繞下，動物們也很自然地將我納入其中一景，於是舒服躺著，在徐徐微風中，鳥仔、蟲仔、蝴蝶等等都不請自來。

然而如此快意的生活最近卻因為一窩鳥巢，讓我躊躇。

許是在我外出的幾天，青笛仔（綠繡眼）的鳥巢已築到陽台白榕樹上，此後，每當我打開落地紗門，青笛仔的父母便落荒而逃，幾次下來，為了擔憂牠們會因此棄巢，我猶豫了，猶豫是否該先棄吊床？

我決定先讓出足以遮風蔽雨的陽台，等牠們一家子圓滿之後，再來重溫愜意的休憩。只不過這段時間，青笛仔一家子的一舉一動都將是我輕而易舉的喜悅；那窩鳥巢正好築在我座椅的視線內，所以只要一抬頭，鳥巢即在望。每當瞥見青笛仔爹娘在巢裡探頭探腦的畫面，就讓我因為期待新生命茁壯的願望又跨進一步而雀躍不已。

【鳥眼看人低】

我小心翼翼地打開落地紗門，青笛仔落荒而逃。我索性躺在吊床裡，就像往昔一樣，別的生物可以將我融為環境元素，難道牠們不行？

幾天望著舒坦的吊床乾瞪眼，這回好不容易躺進來了，我想就和牠熬個結果，最理想的結果當然是，我躺我的床，牠窩牠的巢。但是顯然地，牠明白「世界上最可怕的動物是人」；於是乎，我就這樣平白無辜地背負著這個原罪，任由牠的鳥眼，審判再審判！

我相信沒有幾個人，曾經被一隻鳥帶著有色眼睛，前前後後，高高低低，來來去去，瞧了又瞧，而我一動也不動地容忍牠那鄙夷的眼神，足足數十分鐘。鳥兒看人，並不是正著雙眼，而是歪著一隻眼。縱使我和牠是兩個全然迥異的世界，而且也有截然不同的處境，但事實上，有一件事情，我跟牠是一樣的，我們都一樣擔心，擔心鳥巢裡的那窩小生命！

只是局勢越來越明顯，看起來牠比較狠，沒將我趕走，牠就是不肯進窩盡職。天空下著小雨，低溫潮濕，為了那窩小生命，好啦！好啦！我認輸了！我沒好氣地下了吊床，入屋關上紗門，嚇！牠終於甘心地進了鳥窩！這是鳥版的「乞丐趕廟公」嗎！

【萬歲鳥】

一早我尢喜孜孜地將我吵醒，秀給我看他拍到的鳥巢風光！

天啊！三隻光禿禿的雛鳥！

換句話說，那個巢至少有兩個禮拜以上了，也就是說，其實我在吊床逍遙時，牠們一家子早已遷居在我腳上；鳥巢剛好築在我習慣擺腳的那頭。只是我怎麼都沒發現？原來每次躺吊床為了讓眼睛休息都不戴眼鏡，只知道附近有鳥飛來躍去，就是這樣才沒看到該看的東西。

「拍得不是很好，我是趁著鳥仔飛開時去拍的，但妳說不要動到鳥巢，也不要太多干擾，所以我沒看鏡頭就胡亂按了幾張。」他說。

既然如此，我知道我其實不用犧牲我的吊床時光；於是我又恢復以往的甜蜜休憩，只是這會兒，我決定賴床賴到底。既然蛋都已然孵化了，我就不用擔心孵蛋保溫的問題。

一開始，不知是鳥媽或鳥爸在我躺上吊床時，一如往昔，落荒而逃。但不久牠倆都回來了，且各自叼著小蟲在巢周圍跳來躍去，這回我頑皮地看著牠們，牠們也藉著樹葉的掩蔽，小心翼翼地觀察我。最後其中一隻大膽地停在吊床的吊繩上，赤裸裸地與我互瞄；然後就躍進鳥巢餵牠那三隻嗷嗷待哺的寶寶。之後，牠夫妻倆就這樣輪番上陣，我躺在至佳點，愉悅地欣賞！哇！萬歲！終於和平了。

跟青笛仔瞄來瞄去這麼久，忍不住想多認識牠們，於是在網路上找到一些不錯的觀察研究。

【ZZ睏】

下午發現從書房的氣窗可以近距離觀賞鳥底風光，於是搬來鋁製高梯，耗費相當的體力與時間，終於捕捉到天下父母心的動人畫面，有靜態圖照與動態影片。

凌晨時分，夜深人靜，我想那對勤快的鳥父母，是不是還在努力以赴地為三隻嗷嗷待哺的小寶貝加餐飯？想打開陽台的燈，又怕驚嚇到牠們。

「開燈！開燈！」頑皮的我尢已爬上我書房的氣窗邊的鋁製高梯，準備觀賞。禁不起慫恿，我開了燈。「哇！」我尢興奮不已，「牠抬起頭來看了！」

我趕緊關燈。我尢雙手趴在下巴，閉眼嘟翹著嘴，興奮地模仿鳥媽的睡姿。

「牠晚上有在睡！我以為牠們是餵二十四小時的。」只是我尢完全沒聽我的問話，一味地模仿鳥媽的睡姿。閉眼趴睡的鳥我沒見過，被我尢不斷得意炫耀，我也好想一睹本尊。

隔天夜裡，我被慫恿，我小心翼翼登高，燈開了。哇！真的有夠好玩，那鳥媽窩在巢裡，身如羽毛被，將鳥巢上面覆蓋得密不通風。牠尖喙靠在巢穴上，眼睛閉得緊緊，睡得很熟。可憐啊！白天一定累壞了！雖然我很想拍下那難能可貴的畫面，唯恐發出任何聲音，吵到牠，最後我小心翼翼下來，將那甜蜜的畫面留在腦海。

【一週鳥事】

自從十五日我ㄤ給人家偷窺鳥巢之後，我就不再犧牲我的吊床時光，恢復以往的甜蜜休憩。

十六日下午三點躺在吊床時，發現木瓜又成熟了。

由於那鳥爹娘越來越習慣我的身影，所以無論窩巢或餵鳥都落落大方，反而是我無法靜下來。表面上我若無其事，但手中忍不住握個相機。有趣的是，無論有無閃光，牠都不鳥人。那當媽的體型嬌小，窩巢時臉朝屋，體型大些的鳥爸，窩巢時臉就朝外，所以從牠們的窩巢習性，很容易辨識出誰在顧家。

十八日近午，我ㄤ又趁著鳥爹娘外出時，再度偷窺人家的小孩。大眼大嘴還有長出一些些粗黑羽毛。十九日下午，躺在吊床，發現鳥爸媽不在，一隻攀木蜥蜴居然攀爬到鳥巢下的白榕樹幹上。站在自然的立場，我們人類最好不要去給人家雞婆的干涉，但我委實擔憂那三隻剛起毛的鳥仔。尤其牠們雙親不知忙去哪裡了！還好的是，攀木蜥蜴只是路過，一個轉身，牠就由另一枝幹轉到鳳凰樹去了。

二十日中午，我ㄤ又趁著鳥爹娘外出時，再度偷窺人家的小孩。牠們已經留出「龐克頭」，而且睡得很香甜。二十一日過午，我又從氣窗觀賞那家子也順便拍幾張。

【一暝大一吋】

「嬰仔搖啊睏，一暝大一吋」天下的父母都這樣期盼懷中的嬰仔，然而，從我們不斷的觀望中，果真見識到青笛仔「一暝大一吋」的驚人畫面。

七月十五日拍到那光溜溜無助的鳥囝；十八日大眼大嘴還有長出一些些粗黑羽毛；二十日牠們已經留出「龐克頭」。二十二日，非但羽毛倍增，體型也明顯變大了。到了二十四日，簡直變魔術，才間隔一天，牠們就完全鳥模鳥樣了。不曉得牠們還能在巢裡窩多久，總是覺得那「一暝大一吋」的速度委實驚人。

後記：一連三年，那株住在陽台的白榕樹上，相似的位置，每年都出現新的鳥巢。這是聰明的選擇，那位置既隱密，又可遮風避雨，還有和善的屋主。（至於那三隻雛鳥離巢的過程，令人感動到鼻酸，以後再說。）

一隻老鼠在我家

買一個老鼠籠，墨黑厚重，幾何細紋構成，高貴不貴。

「啊！要逮老鼠？」從市集到家，一路照面的熟人都訝異地問。

我其實沒有什麼好回答，（捕老鼠的）鐵籠子本身就是很適宜的解答。

八日後的凌晨，幾何圖案鑲成的方形屋終於有了主子。主子體格健壯，脾氣暴戾，灰亮美麗的毛髮顯示這陣子以來營養豐裕。濃密的長鬚，炯炯有神的大眼，與身體不成比例的大嘴、大耳與大腳，加上二十指尖銳長甲，不可一世得讓人無法輕視。

這老鼠，未逮到之前，是問題；逮到之後，也是問題。在別人家，牠的命運必然二話不說，直接宣判死刑。「逮到之後，一定要用火燒！」之前鄰居瞅著空盪盪的老鼠籠篙要惡狠地建議。

然而，在我們家，逮到老鼠，掌握了生殺大權之後，問題反而棘手；究竟使其生或使其死？是養？是放？一家三口各有己見。

曾經養過白老鼠的女兒直呼牠可愛，可養。花一整個下午觀賞牠的我結論比較極端，養或殺。

「天天給牠灑洗髮精洗澡，餵飼料，改變牠的食性，讓牠做一隻乾淨的素食鼠。」若養牠，我持這番主意。

「要給牠繫上鈴鐺。」女兒說。

「誰繫，妳嗎？」我問。

女兒想到一早起來遇見牠那凶煞相，嚇得直晃頭。我ㄤ取笑我天真。我提出第二案，殺。

殺？怎麼殺？用水淹！還是把牠曬死！或是讓牠渴死、餓死！用毒藥如何？無論什麼方法我們都覺得殘忍，更遑論用火燒了。

「還是把牠放了！」我ㄤ說。

我自然反對，好不容易逮獲，說什麼也不能再放，可以養，或凍死牠，千萬放不得！

「不要給牠水，只給酒，把牠灌醉，然後放在冷凍庫安樂死。」我想出一個最人道的方法。

可是我ㄤ還是主張「放生」，一向奉保育為中心信仰的他認為任何生命都享有生存權，人類不該也不能行使上帝的職權。既然涉及「保育問題」，我但舉世界上最善保育的國家為例，「即使像袋鼠這種澳洲才有的保育類動物，在牠們太繁盛時，澳洲政府都主張開放撲殺，曾經有一年撲殺三百萬頭的紀錄，以控制牠們過度繁衍。台灣的老鼠早已氾濫成災，沒有什麼好顧慮。」

「這都是人造的孽！」我尢言下之意，是人類破壞了生態平衡；鼠輩因為人的貪婪與無知而失去天敵，如鷹、蛇等，終至氾濫。人類是咎由自取，不可藉口再殺生。

我並不堅持殺鼠，可以養啊！問題是他反對飼養。

至於我不同意放生的理由是，這是一個相當近距離、現實與急迫性的問題。「近距離」，因為就發生在居家範疇裡；「現實」，也就是非常實際的層面，亦即每天面臨的困擾與威脅，藏匿食物的困擾與疾病傳播的威脅；「急迫性」，是涉及處置的問題，放了牠難保不再入境，而即使牠不再回來撒野，可想而知必然又去侵擾別的家庭，於公於私放生皆不容許。不養、不放，唯有殺！

傍晚，突然陣陣鼠臭味撲鼻，令人訝異，鼠輩感知大限將屆，以體味抗告！我耐不住，放下手邊工作，下樓觀察，始料未及的是怪味並非來自庭園中的籠中鼠，而是散發自廚房。

我展開清理，掃除了老鼠入網前撒落牆角的排泄物，不想鼠味還是挺嚴重，於是掀開櫥櫃底下的遮攔板，逐一清出之前牠遺留的糞便與食物殘渣。這時候，我終於生起牠的氣來。由殘食判斷，原來牠早已搬到我家長住多時，先前因為行動謹慎，被一向粗心且大而化之的我們忽略了，久而久之則越來越囂張。我尢首先發現牠在餐桌下遊蕩；接著我在一次打開洗碗槽下的儲藏櫃時，赫然撞見牠在裡邊打滾運動；隔天牠把我們的早餐在前一夜搶先就地解決；兩天之後我目睹牠躍上餐桌，撕咬妹妹從日本寄來包裝緊密的魚片……

如果牠不那麼賊頭賊腦到處亂闖，同時讓我們擔心鼠疫等之類的傳染，我們一定會像偶爾或經常在家走動的馬陸、壁虎、蜘蛛、蝙蝠、蝸牛、天牛、各種毛毛蟲……一樣，將牠納入這個家，隨牠住隨牠吃。偏偏牠除了不老實之外，又靈敏機智得叫人生畏，除了「請君入網」休想擒拿牠；而今擒到牠，休想再放了牠。何況，難保牠沒有同黨。

「這隻可能是小孩，應該還有媽媽！」懂生物的我尢說；然後他決定趕緊把牠放了，空出籠子好捉牠媽，「放到公墓那邊，跟小花一齊。」他說。

小花是一條無毒的錦蛇，五年前在我家後院出現，我們合力將牠送到女兒學校讓小朋友認識，然後安然將牠帶到公墓放生。

女兒竊笑，小花可能吞了牠；我尢不以為意，蛇吞鼠，天經地義，這就是食物鏈的一環，自然生態中的必然。生死未卜的老鼠，終於有了著落。是夜我尢的學生適巧找老師幫忙鑑定標本，老師則請學生幫忙料理老鼠。至於這鼠是生是死，此刻正考驗著這名修過生態學的學生。

後記：兩天之後，捕鼠籠空蕩蕩地回來。我告訴女兒，老鼠現在已在科博館。女兒勾起嘴角，欣慰地瞇著眼看我。

「做成標本。」我狡獪地補充說明。女兒慘叫一聲，瞬間五官萎縮成一團。

據我尢說，學生是用乙醚將老鼠迷昏，然後放入冷凍庫凍死（頗符合我原來安樂死的意思），最後送到國立自然科學博物館做成標本，為自然科學「獻身」（備極哀榮）。

一隻講河洛話的外省貓

天黑了，路燈亮起。東海教職員宿舍，鍋爐碗盤伴隨著煎炒煮炸，奏出晚宴交響曲的前奏曲。每到這時候，一具三尺高的貓的剪影，便適時出場牢牢貼在廚房的玻璃窗上。那姿勢就是最典型的貓的磐石坐姿。

事實上，那並不只是一個影子，而是真實的一隻貓坐在那裡，「那裡」是院子的磚塊圍牆上面。路燈在外頭不遠處，燈光無法穿透貓身，遂將牠的影像完整投射過來，映樣到窗裡。

這具巨大的貓影，不動如山，與我忙碌移動的四肢，形成強烈對比，卻也帶予我相當的壓力。這層壓力，隨著開飯一起端上桌，牽動我的家人。

我們的一舉一動，似乎難逃貓的法眼，從屋外，牠能透視緊閉的門窗監視我們。每一回菜餚上桌，家人甫一坐定，牠便有意見。而這時候最不安的就屬我尢，我深信，牠是衝著他而來。而他／牠們的梁子或說因緣，建立於他／牠們極端共同的嗜好，他／牠們都愛死魚了。

一席魚兒缺席的餐桌，無論有多豐盛的菜色，在我ㄤ眼底無疑地就是「無菜」，且那一餐誓必索然無味。而千百年來，貓幾乎成為魚兒陸地上的化身，每隻貓的身體流竄著魚的體味，當魚體味濃度消失，貓好像便不叫貓，於是終其一生，牠們不斷追逐魚的蹤跡，補充生命燃料，特別要讓自己充滿魚味以襯托出像樣的貓味兒。

一條鮮嫩又煎得香甜的魚，固然足以引發我ㄤ生活的幸福感，但是當一幅巨大的貓影，頻頻發出「夭～夭～（餓啊～餓啊～）」的呼喊時，即使美食當前，也真叫有良心的人類，難以吞嚥。

「好啦！好啦！ㄇㄞ哀！」我ㄤ翻夾魚肉的筷子，隨著貓老大喊餓的聲律中逐漸加速。

其實真要將魚雕成可以餵貓的完美形象，也就是魚頭魚尾中間跨著梳子般的魚骨架若畢卡索藝術那樣，並不是短時間內可以做到，何況剝下的魚肉最好立即送進嘴裡細嚼，方能嚼出幸福的滋味。但是在貓緊迫盯人的聲聲催討中，我ㄤ顧不得完美與否，捨棄數十年來循序漸進吃魚的優良習慣，在魚的左半邊只脫去上半身的肉，便叫魚翻身脫下右半邊的上半身，然後攔腰截斷，一手抓起銜著魚頭的半尾殘缺的貓的魚，急急忙忙出場。

說得遲那時快，巨幅貓影遽然消失。擺脫貓的陰影，我們恢復人生賞味的享受，可是短暫片刻的寧靜之後，貓影復雄據窗子。這回牠不是嚷著「夭～夭～」，而是悽厲地叫著，還有～還有～（一ㄚˇㄨ～一ㄚˇㄨ～）。

我ㄤ這一刺激非同小可，他幾乎要破口大罵，因為這一天他尚未咀嚼到任何幸福，便已伺候了貓，而牠老大竟然得寸進尺！俗話說「好男不與女貓鬥」，我ㄤ很快地拾回紳士風度，比照前例，剝出半截帶尾的貓的魚。果然，那之後，我們終於得到一頓無壓力與無干擾的晚餐。

可以說在我們搬進教職員宿舍之前，這貓已在這屋子的院子落腳，我們撞見的時候，彼此都嚇著了，那時牠是一名隱藏在草叢裡甫生下三個孩子的產婦。在極短的時間，牠消失無蹤，卻也在很短的時間又盯上我們這一家（是魚惹的）。

同為人母，我自然對流浪的貓媽體恤有加，直到和對門的教授熟稔，方才知道這隻大黃花貓是他們「養」的！一天就讀小學一年級的女兒到對門玩耍，當她告訴主人貓影的故事時，主人訝異地說：「我怎樣不知道我們家的貓會說台語！」而我們也很驚奇，牠居然是一隻會講河洛話的外省貓！

狗臉的歲月

【狗屎賊】

他們是狗屎賊，一對男女，男的矮胖，女的高瘦。

我和我尢從外面回來，正好撞見他們。他們正企圖偷襲右邊的鄰居，我們瞪眼監視，他們有些沒啥意思地遊蕩。異常緩慢地，他們蕩到我們面前。我們擺明，就是監視。街路昏暗，但是近距離讓狗屎賊現出嘴臉，就是很平常的那種醜陋。

雖然他們已蕩過我們家門，但我尢擺明就是要跟監。我們移動腳步，一個轉角，再一個轉角；一條巷弄，再一條巷弄。通常狗屎賊都住在受害者居家附近，我們想看看他們的家怎麼走?作賊心虛，這對男女索性賴在巷弄一個角落，盤桓不去。纏鬥一陣子，他們擺明，我們不走，他們就不回家。

反正同一鄰里，「相堵會到」。

賊者，趁人不備，盜取他人之物是也。賊又叫小偷。古時候作賊的下場是砍斷四肢，如今刑罰比較不野蠻，就是關起來，付出自由的代價。古時候沒有狗屎賊，所以沒有刑責的前例可循。

狗屎賊可以說是近代文明的產物，是百姓溫飽之後的一種淪落或墮落。狗屎賊是專門牽拉著狗兒，趁人不備「偷偷摸摸」在別人家門前放狗屎的賊。狗屎賊所盜取的是他人乾淨的地盤。「己所不欲，施於人。」是狗屎賊與垃圾賊的同好，這是道德淪喪的典範之一。

林俊義在台北當環保局長的期間，曾大力掃蕩狗屎賊。可惜，相較於台灣今天各種疑難雜症，狗屎賊不過是不起眼的都市小丑，通常不太有人在意這個角色，或通常因為不太有人在意他，以至於許多人在有意無意當中變成他。細數台灣的狗屎賊，想必和狗狗的數量相去不遠，甚至於多得多。試想有一條狗的家庭，至少得養出一到二、三或以上不等的狗屎賊，依此類推，富裕的台灣至少隱藏數百萬狗屎賊。這是台灣人墮落的指標之一。

保守估算台灣至少有數十萬戶的家庭，受到狗屎賊的侵擾；一樓住戶更是慘澹的受害者，我們是其中之一。

據說對付狗屎賊最有效的方法，是從他們的打手「狗屎狗」下手，因為如果狗屎賊已經唆使他們的狗在你的地盤登陸成功，接下來你所嘗到的便是一連串慘痛的狗屎運。有人說，這時候除了有效地清洗地盤，最好灑上刺鼻的藥劑，讓「狗屎狗」一刻也不欲停留，狗屎賊自然也就無計可施。話雖如此，通常我頂多只是在狗屎賊最活躍的黃昏時段，藉著澆花順便潑水以避賊仔。可是一旦忙碌下來，錯過時間，狗屎賊便又趁機光顧。

一天傍晚，和我尢在回家的路上，又遇到那個矮胖男狗屎賊牽著他的狗。錯身之後，趕緊回家布局。然而，說得遲那時快，矮胖狗屎賊和他的狗屎狗急促從家門前奔過，探究我們住處的意味濃厚。一時之間，火藥味儼然興起。

果不期然，往後數天，稍不留神，門前遂滿目瘡痍。逼得不得不求助於刺鼻的清潔劑。清潔劑好似產生效力，可是沒多久，狗屎賊又盜壘成功，這回是大剌剌地在進出口大門下放屎，仔細研判，分明是矮胖狗屎賊的小狗屎！

戰端終於爆發，如何備戰，委實傷透腦筋。只是腦筋一轉，發現這些日子以來居然異常沒價值地陷入狗屎歲月！念頭一閃，讓狗屎的歸狗屎！跟一個不起眼的都市小丑作戰，那才是真的——狗屎！

然而，出乎意料之外，狗屎賊從此不再登門，因為他最後一次偷放的不是狗屎，而是他的狗。

【狗屎狗】

話說，我決定不跟常光顧家門的狗屎賊一般見識之後，狗屎賊乾脆把他的狗棄置在我家門口，考驗我的人性！

第一次發現狗屎賊用來放屎的狗，淪落為街頭狗屎狗，是雙十節早上。那天一早靠近座車，牠突然從車底下衝出來猛吠。小小不到五十公分的身軀，聲音卻宏亮無比。我ㄤ請出水龍頭，祭出「柔性驅逐」。

中午回來見牠躲在路邊的車下，看在往後總是鄰居的份上，我端出昨晚的剩菜請牠吃；雖然牠曾經是狗屎賊的打手，但畢竟無辜，是人把牠帶壞。只是吃過午餐之後，牠就很夠意思地在我們家最靠近門的地方，放了一把屎，不愧是訓練有術的狗屎狗！

「不可以在我家前面大便！」我邊清掃邊高聲吼牠。牠慵懶地攤在陰涼的車下，一副事不關己的樣子。我衝到車底下，揪著牠的雙眼，重複嚷嚷。

晚餐時，我ㄤ問要給狗屎狗吃什麼？好像牠已經變成我們的責任?!這讓我想起以前住在隔壁空屋的那一家四口的野貓子，我們隔空養牠們好一陣子。

晚餐給狗吃的還是昨天的剩菜，牠高興得翹起小尾巴直晃。可是接下來就不好玩了。我ㄤ說狗屎狗睡在我們院子裡。果然，新買回來的棕櫚腳踏墊變成牠的床，我趕牠，牠當我是牠的狗主人，猛搖小尾巴，好像餵過牠就被牠愛上了。坦白說牠長得實在有夠醜，雜花雜花白的，最難忍受的是全身濃烈的臭味。我說，不能睡這裡，不能在我家前面大便，講了半天，牠只會快樂地搖尾巴。我繃著臉凶，牠躲到我的車下面，我動掃把，且跺腳嚇牠。最後牠躲到外面的「罵騎」車下面。「你今晚住在這裡，要進去裡面，洗過澡再說。」我這樣告訴牠，並再三叮嚀，不可以在門前大便。才說著，一進門牠就跟進來，然後又被罵走。

我覺得牠挺可憐的，也許哪天幫牠洗澡，睡在院子也好。

為了讓牠能睡好，我準備一個箱子。然而，開門就瞧見牠很不雅地在我們進出的正門口放屎，真的是狗屎狗！我給箱子之後清狗屎，再把院子與前面都沖得濕漉漉，防範牠靠近。

狗屎狗跟狗屎賊給人的感覺委實不一樣，狗屎賊不能吼罵但叫人厭惡，狗屎狗任人叫罵卻也令人沒好氣。

翌日一早，狗屎狗旋出現在院子裡，還用相當愉悅的表情對我搖尾巴。再怎麼講怎麼罵都徒勞；才一天不到的工夫，我脆弱的心已經被牠的尾巴搖動了。

就某方面而言，這狗挺聽話，說坐下，就坐下；說過來，就過來；始終搖著小尾巴，並乖巧地讓我繫上繩子。「在這裡，洗過澡之後才讓你進去。」我將牠繫在大門外。

我們的助理養過狗，所以請她來洗，用洗髮精。

起先還好，半途助理來求助，「牠不讓我洗了，而且還要咬人。」

「要洗澡，洗乾淨才能進去裡面！」我把牠從院子拉出來，嚴厲的恐嚇，「不洗澡就把你綁在外面的電線桿！」

牠聽懂，唯全身顫慄，是冷著了才生氣；不過看在能夠住裡面的份上，又勉為其難地受洗。

終於狗屎狗變成一隻乾淨的狗。為免於失信於狗，我信守承諾帶牠進入院子，鋪一塊厚紙板，充當乾淨的家，洗澡的浴巾則變成牠的家當。

這下可好，家有賤狗，我們是否也會被訓練成另一批都市小丑——狗屎賊？

【狗臉的歲月】

壓根兒我們就不贊成養寵物，可是一夕之間，家裡無端冒出一隻寵物！

雖說，狗屎狗情願做隻賤狗，也不要當街頭自由的流浪狗；問題是，我們沒有收養牠的意願，只是經過「受洗」，牠已然肯定自己入主成功。

這一天我尢回來，瞧見昨夜還被驅趕的棄狗，繫上繩子變成家狗的滑稽模樣，笑得闔不攏嘴。中午夫妻倆外出，經過後街巷弄，意外發現狗屎賊的家，他們的狗還嬌縱地對我們狂吠撒野。我們這才覺察，此狗非彼狗！換句話說，兩天來家裡發生的狗事，全然不是我們想像的那樣！

沒有食物餵狗，我提議進超市購買。

「不要，我才不要養牠！」我ㄤ強烈拒絕，他有養寵物既不人道也不仁道的根深蒂固的概念。

然而，我還是推他進超市。很快的我們找到狗食專櫃，有原來賣三十元的罐頭食品，此刻正打折賣二十五。我ㄤ一反適才的冷漠，興奮地抓了兩罐。

「這個更便宜，才二十二。」我指著下層。

「那個不好吃！」我ㄤ不屑地說。我一時語塞，好似他嘗過一樣！

「買這個，上面有牠的照片，一定最適合牠，而且價錢更便宜。」我比對半天，赫然發現最下層有一種產品的包裝上有狗屎狗的照片。

「那個更難吃，太乾了！」堅決不養狗的我ㄤ，抱著最貴最「好吃」的兀自結帳去。

據說狗吃了飯就要拉屎，所以我們把牠牽到外面，綁在無人住的隔壁鐵門上。狗狗搖著尾巴，煞有昔日跟在主人屁股溜街重溫舊夢態勢。

飽餐後我ㄤ不理會我先前對狗的承諾——「洗了澡就不會被綁在外頭」，執意不讓牠進家門。理由是，牠會大便。

就這樣，狗屎狗好像有了主人，但得到麵包、失去自由，卻依舊無家，我真的愛莫能助。

既然牠不是那矮胖狗屎賊的狗，必然另有主人。有教養的模樣，脖子上又有環頸鍊，許是一隻走失了的狗，應該貼一張公告，請牠的主人領回。

我來不及準備廣告，就背起笨重的器材，直奔山上拍攝；臨行特地跟牠道別；不想這一道別，竟成了永別！

是夜我ㄤ來電話，說，狗失蹤了。

我ㄤ說，傍晚給牠吃晚餐，繫在頸環上的童軍繩鬆開了；飽食之後，牠就跟我ㄤ一齊出門，可是只跟一半。我ㄤ自行去吃飯，以為牠自己「回家」了。那個晚上，我ㄤ不時開門外探，唯不見狗狗蹤影。他甚至於刻意出外尋找。

我居然衍生不捨，情緒矛盾複雜，既企盼牠回來，也希望牠已有更好的歸宿。

翌日一早，還是牽掛著狗屎狗，可是牠沒出現，而且是再也不出現。我們安慰自己，當牠是回到原主人那兒；只是不放棄牠會突然回來。

雖然狗屎狗充當家狗，前後不到六個鐘頭，但是我們掛念牠的時間卻有個把個月；出門在外總不自覺地四處張望，希望那擁有一雙銅鈴大眼的無辜狗臉，不期然出現。畢竟曾經跟牠有過那麼一場赤裸裸劇烈的情緒互動，熟料瞬間，一切竟似夢境！

十一月底，新聞報導，天冷，香肉生意鼎盛，不僅流浪狗成了桌上餚，有主人的狗狗也遭殃。我們自然免不了擔心。

餐桌上一張原子筆塗鴉的狗臉，那是收養狗屎狗當天信手塗鴉的，如今意外成了唯一影像。

馬陸與蜈蚣

「不要在這裡走來走去，這裡不是你該來的地方！」我對正在臥室來回滑動的馬陸說。牠被突如其來的聲音懾住腳步，然後若無其事，再度划動幾十隻小腳，四處遊走。

雖然我一再警告牠，也小心翼翼地避免擋到牠的路或踩到牠；但是，有一天，「嚅～」的，細細的、輕輕的，若有似無的一聲，牠後半身糊貼在我的鞋底。死了，不用說；而且有點「噁」。

不多時，客廳也來一隻蠕動的大馬陸，像刷地板一樣地刷著如毛的腳，刷過來刷過去的。我其實懶得理馬陸牠們，實在是牠們的數量很多，趕牠們出去，又進來。後來我就任牠們在書房、臥室、客廳、餐廳到處遊來遊去。其實牠們通常一次出現只那麼一兩隻，並不真的礙事。有時候牠們會縮成一旋卷，自己死去；有時候會被踩到；有時候是死去了又被踩到。這事情發生的次數越來越多，也就越來越平常，越來越自然。久了，我索性把牠們當成家裡的一員，不刻意去趕牠們，也不刻意去理牠們，但踩到總是難免。

馬陸

「你們家有蜈蚣！」朋友妻上樓的時候跟我說。

「不會吧！你看到的是馬陸。」

「是蜈蚣，我沒有看錯，有很多腳。」

「沒錯，很多腳是馬陸。」我說。

半小時後，我下樓拿冰塊，果然在餐桌下看見一隻蜈蚣。

「是呀！是一隻蜈蚣！」我大聲嚷嚷，「還不小せ！」說著將這十來公分長的百足蟲逐出屋外。

不知道為什麼，同樣是多足蟲，蜈蚣卻叫人毛骨悚然，馬陸就可愛許多。大概是聽聞多了蜈蚣的惡行，而從來沒有人講馬陸的壞話。

馬陸與蜈蚣【小檔案】

蜈蚣：學名*Chilopoda*，英文*Centipede*，英文原意即「百足」，是唇足綱動物。

馬陸：學名*Diplopoda*，英文：*Millipede*，英文原意即「千足」，是倍足綱動物。

蜈蚣與馬陸乍看之下很相似，牠們頭部及長幹身軀都有許多分節，每一節均有腳。蜈蚣的體幹近扁平，馬陸的體幹是圓筒形。

張子見／攝

蜈蚣在頭部之後的每一體節都有一對腳，一般只有三十對左右，即六十隻腳，但也有更多的。蜈蚣的腳較長，使牠們走得較快。牠們以昆蟲為主食，但較大的據說會吃蛇、老鼠及青蛙。捕食是用第一體節爪中的毒液毒死獵物。

馬陸的特徵是具有雙軀幹的節，每個雙節有兩對腳及兩對結節，但最前端的三到四節只有一對腳。牠們腳較短，沒有蜈蚣活潑，通常只在地上匍匐緩慢前進。屬草食性，以活的或腐爛的植物為食。（參引自生物學一九八八）

蝶影

二〇一二年六月上旬，無意間瞥見門前楓香樹下的小樹苗上沾滿了一坨坨鳥糞。隔天讓人作噁的鳥糞，蛻變成美麗的蟲寶寶，我這才驚訝那堆鳥糞居然是蝴蝶的幼蟲！數量龐大的蝶小孩將小樹苗的葉子啃得幾乎精光，趨前一探，原來約兩尺高的小樹是橘子小苗。翠綠色的蟲小孩鑲嵌在株幹上，假裝葉子。

門前的風景瞬息萬變，不到一天，蝶小孩變胖又變高，但僅剩三隻；我才出門不到幾刻，回到家所有的蝶小孩都消失無蹤，只留下無葉的橘株殘枝。我好奇趨身尋覓，乖乖，一隻肥嘟嘟的蝶小孩躲藏在串花藤葉叢裡，附近出現一隻虎視眈眈的黃長腳蜂。

我腦海浮現數年前在中興大學校園的一幕。當時我獨自坐在樹下等人，瞧見左前方一隻蜂正專注地剝一尾蟲的皮。蜂將蟲剝皮之後，做成一粒墨綠肉丸，然後銜著肉丸飛離。沒多久蜂又回來將剩餘的蟲體嚼出另一粒肉團。就這樣來來回回，直到一尾蟲，變成無數粒丸子。

那幾粒肉團，也讓我腦中浮出另一幕更早的畫面。那是我居住在水里的時候，陽台住了一家細腰蜂，工蜂不時銜綠肉團返來餵食蜂巢裡的蜂嬰。

興大的場景與水里的場景，劇情有了銜接。然而，眼前這一幕，又讓劇情往前推進一步。

我目睹蟲小孩為免淪為肉丸的求生意志。禁不起蝶小孩「水汪汪無辜無助的眼神」，我決定插手管這檔閒事。

六月十七日我營救了蝶小孩。

剪下後院柚子枝葉，插在花瓶，成了蝶小孩溫暖的家。這孩子既然入了家門，成了家裡的一員，我就得好好關照。四點五公分的黃綠身體，大大的頭臉上兩顆水汪汪的大眼中間畫著細絲般的迴線，頸部繞著單邊凹凸的黃金項鍊；顯瘦的下半身，纏著兩道咖啡色的豹紋帶，八雙腳踩著雪白的靴，怎麼看就是高貴如龍。不曉得哪戶人家的孩子，姑且給牠取名：小龍。

小龍乖乖地待在葉房上，正日吃拉睡。

牠二十小時當中吃掉八片葉子，每片葉子長約十三公分寬九公分。吃葉子之前先在葉脈中肋吐絲，黃金絲鋪成和其身約同寬的寬度，整枝中脈鋪滿之後，由葉子最頂端開始啃，速度頗快，啃嚼時發出聲響，葉子啃了四分之一之後，休息並開始大便。小龍不會邊吃邊大。衛生習慣良好的牠因為不讓大便碰到身體，大便時都保持頭高尾低的姿態。如果嚼過的葉子的尾端較低，休息時會先轉身，把身體調整為頭高的位置，然後安穩地讓自己睡在鋪絲的葉中間，再好整以暇地慢慢大便。

小龍絕大部分的時間是靜止的，因為要偽裝成葉子。我一直被牠那雙超大的眼眸迷惑或矇騙，其實牠真正的眼睛小到幾乎讓人無法分辨。牠的迷你小頭一直縮在腹部，而那雙水汪汪大眼睛就是「畫」在腹部上面，兩粒假眼之間還有古歐風的藝術線條連接，讓那腹部（胸部）怎麼看都像大頭。

小龍躲在串花藤葉叢裡

小龍的餐屋

小龍前蛹

小龍成蛹

小不點原來不是黑鳳蝶，而是無尾鳳蝶。

如果要追究牠的真面目，可謂其貌不揚，而且很難用一開始以為漂亮寶貝的牠去認識真正的牠。之前我誤以為的大嘴，原來是牠神祕的頭，當牠的頭從腹部探出來時，如果要認真調整既定觀感，發現，牠像隻以漂亮外表作掩飾的「異形」。

小龍很懶，懶到連警告敵人的紅色角都懶得伸出來，大概已經熟悉我，任憑我怎麼摸，都無動於衷。六月二十二日深夜我從外面回來，發現小龍不見了，牠啃掉一半的葉子下面用報紙摺成的便所濕了一大片，當下認為牠就要化蛹了。我在附近尋找，終於看到牠在山黃麻的小樹上面。山黃麻小樹是我特地為牠準備的，之前牠曾經去最高位置探視。我一邊拍照，一邊觀察，許久牠都只靜止在頂端的葉片下方，這時牠的身長縮到三點五公分。我索性待在旁邊工作等待牠變魔術的時刻。牠先是不動，之後在山黃麻頂端的葉子下方不停塗金絲，想是在找最恰當的位置，我耐心地等到二十三日凌晨一點半，牠還在猶豫，我不等了，上樓去睡。

天明之後，牠已經定位，成前蛹的樣子。我把盆栽捧出外面，在陽光下拍攝。前蛹的牠除了姿勢懸掛成く狀，一切沒變，但依稀可看到翠綠表皮下面的蠕動，這是成蛹的重要旅程，希望一切順利。

接下來我清理餐桌，並將牠的馬桶拿去外面拍。然後就等著看牠什麼時候變成蛹。

晚上七點半還只是身長二點五公分的前蛹。不到十二點，已昂首成三公分的成蛹了。

守著小龍半個月，一直都不知道牠的身分，直到七月三日牠羽化才終於知道，原來是黑鳳蝶。

繼小龍之後，一個半月，我又從重新長出新葉的橘子小苗救回一個小小龍。

這隻身長只有兩公分的小不點，防備心超強，一有風吹草動就大吐紅信，噴出強烈味道。啃葉子也很沒規矩。小龍都是啃完一片才再嚼一片，這小不點是東啃一缺口，西嚼幾缺口，每片葉子都被牠啃得體無完膚，除了食屋凌亂不堪之外，大便更是亂灑，任由便便從身上滾過，有時候身上還停著便便。睡覺也橫七八豎沒個樣子。

奇怪了，同樣是黑鳳蝶寶寶，個性南轅北轍！有道是「一樣米飼百樣人」，這回我看到的是「一樣葉飼百樣蟲」。

這小不點疏懶到哪兒也不去，有天晚上就直接在食屋剩下的兩片殘葉之一，化成蛹了。我小心翼翼地修剪吊著蛹枝條的下枝，希望葉子能吸收到水分不要很快掉落。預估牠最快一星期到十天會羽化，那片葉子不太可能撐那麼久。為了防止懸吊著蛹體的葉片掉落以至於蛹受損；我將插枝的罐子換了一個低矮的，同時下面墊紙盒，萬一蛹葉掉落，可減緩重力。原本想等天亮拍攝，唯恐葉子撐不過夜，所以先用閃光燈拍攝下來。這孩子的頑逆頗為徹底，九天之後，牠選在半夜兩點羽化，我被捉弄到清晨。也訝異，這小子居然不是黑鳳蝶！好小子是無尾鳳蝶！

這陣子我以養育水汪汪乖巧的黑鳳蝶的心境去期待無尾鳳蝶，大自然著實跟我開了個大玩笑。去吧！飛吧！也放下吧！

白粉蝶影

昨晚我尢說牠已經死了。看到蛹整個顏色變暗，最膨大的三角帶變成白色，我認為這孩子真的不行了。那雪白一塊彷彿被細菌侵蝕，我將牠從臥室移到四樓工作間，暫時放在桌上，等天明再做打算。

臨睡前我有些哀傷，回想今年以來諸事不順：除夕夜，睡得很不好，醒醒睡睡到天明；春節一

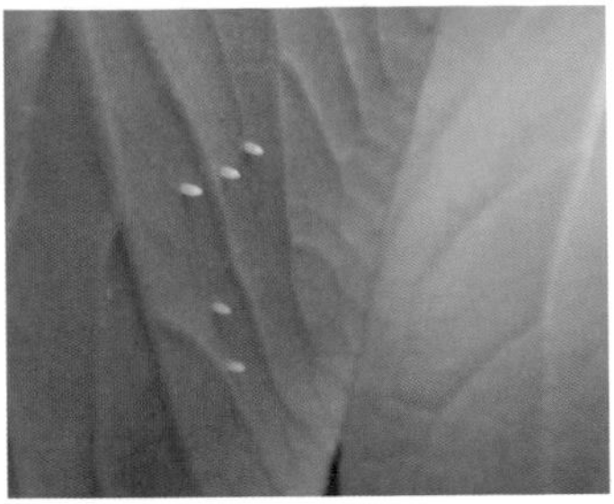
卵

幼蟲

前蛹

成蛹

白粉蝶【小檔案】

白粉蝶，學名：*Pieris rapae*，也叫紋白蝶。蝶娘尋常投卵於甘藍、青江菜、白菜等十字花科蔬菜的葉上，幼蟲又叫「菜蟲」。

淺黃細長砲彈形的卵，約莫一星期孵化成幼蟲。幼蟲三個星期前後停止進食，開始爬走尋找化蛹地點。選好地點，吐一層薄絲，作蛹台，然後在蛹台下方吐大量絲線，鋪成絲團，用來固定尾端，接下來以後仰之姿，左右來回吐絲編織支撐蟲體背部的絲帶，之後就定在那裡度過「前蛹期」與「蛹期」。兩個禮拜前後羽化飛翔。

白粉蝶

站在作者手上的白粉蝶

早開門傷到手指還流血……如今連過年前救回來的蝶仔都不行了。是否這就是所謂犯太歲？我開始猶豫接下來兩件出遠門的事是否可行？宜蘭行，還算小事；十天的「南一段」高山縱走才讓我擔心，我甚至於開始想遺書要怎麼寫？

可是另一方面我又跟自己說，不要向命運低頭，絕對可以轉運，只要意志堅定。

今早還在睡夢中就被我尢吵醒：「妳的孩子在飛了。」

很難得地我從床上一躍而起，抓起相機往四樓奔跑。

牠停在落地窗的一角，向著光的方向，時而飛起時而停歇。原來以為敗壞的蛹，已變成半透明的蛹殼，且精巧玲瓏。我希望這羽化的蝶能與蛻變牠的蛹殼合影，唯困難重重。

牠停在我右手指頭上，我只能以左手單手近拍，還沒拍出好鏡頭，牠又往落地窗飛撲。我小心翼翼讓牠停到原來的蛹枝條上。我尢將一盆菊花端進屋子，讓我當背景。這回我能用右手拍。當牠又飛撲到落地窗時，我伸出左手食指讓牠站上去，然後移指到菊花前拍照，這回牠很安靜地讓我拍了又拍，直到被關在外面的我尢嚷著要進屋。我讓牠停在落地窗下方的門板，落地窗打開了，牠卻還靜在原地，揮動牠，牠終於展翅高飛。

孩子飛走之後，我欣喜不已，陰霾全消。是的，不能輕易放棄。那些從除夕以來美好的事物一幕幕映入腦海。

蝶記

自從二〇一二年在門口，拯救黑鳳蝶小孩，之後年年養蝶小孩，也年年享受新生命的喜悅。為了迎接更多鳳蝶，我在屋頂花園栽種橘科植物，舉凡檸檬、柳丁、橘子和柚子，只要吃過的水果，就以其種籽栽植蝶小孩的食物。

二〇一三年六月二十七日傍晚拍過水丁香上的斑蝶幼蟲與檸檬主幹上的鳳蝶幼蟲之後，深恐肥肥的牠們成為鳥與蜂的晚餐，預定隔天將牠們救到屋裡。我先將一株水丁香移植在小一點的花盆，等水丁香夠堅強就將斑蝶幼蟲遷來住。

二十八日早上七點，水丁香長得很好，不料斑蝶幼蟲卻已失去蹤跡，連帶地許多鳳蝶肥嬰也失蹤了。看來此處危機重重，遂決定讓柚葉與檸檬葉上的蝶小孩早些脫離險境。

出生在檸檬葉上的無尾鳳蝶，我給牠取名「檸檬」。

出生在柚子葉上的，給牠取名「柚子」。

「檸檬」年紀比較大。

我從屋後剪柚葉，供應兩小口，這食屋不寒酸。姑且將這食屋分樓層飼養，由下往上共八片葉子，亦即食屋有八層樓，每一層樓有大廳與小廳，面積從十三公分乘九公分到十五公分乘六公分不等。柚子的葉是單生複葉，也就是兩片葉子長一起，形成一大一小的一片葉子。

我將「柚子」安頓在第五層樓，「檸檬」放在七樓。

二十九日早上「檸檬」在七樓地板鋪了如其體積大小的黃金絲床，靜靜趴著。「柚子」不在五樓，牠擅自侵入「檸檬」覓食的餐廳，正在七樓最高點搖頭擺首地啃柚葉。從最上面的葉子啃起，這是怎麼樣的生物本能？最頂端的葉子通常最鮮嫩，難怪前幾天我恐怕檸檬頂端的葉子被「檸檬」幹光，從長計議，將牠移到下方，隔天牠還是跨越種種障礙，直搗頂端幼葉。食樓的八樓是最高層，但是「柚子」捨八樓就七樓，原來七樓的尾端才是食樓的最高點，「柚子」選在這裡下口，是哪一種制高點理論？

傍晚六點半「柚子」在八樓撒野；「檸檬」仍留守七樓。

三十日下午一點，「檸檬」將七樓啃一個大缺口，翠綠的便便丸沉在杯底，牠優雅靜止不動，體型脹了一倍；「柚子」在八樓繼續啃，細碎的黑便散落八樓。這是個人衛生？還是不同家族的習性？

晚上七點「檸檬」已經將七樓大廳啃去四分之一，牠是從銜接小廳的地方往上啃，然後睡在小廳（小葉）養精蓄銳。「柚子」倒貼在八樓，八點又啟程啃食八樓大廳頂梢。

七月一日我上山，七月三日下午才回來。

七月三日下午六點半「檸檬」已退去屎糞外套，露出嫩綠的好皮膚，退下來的屎糞外套丟在屁屁後面。

七月四日下午一點將牠們移到外面陽光下拍照留影。

「柚子」躲在一樓休息，因為樓層地基（水杯）的原故，一樓往上直立，以至於頂端與八樓貼近，喜歡躲在暗處的「柚子」便在八樓用餐後，躲到八樓正下方的一樓高處隱蔽處休息。

「檸檬」則貼在六樓大廳接近小廳的位置休息，這時候七樓的大廳已被啃到只剩中間的屋軸，小廳也被啃到剩下右邊一點點，而六樓大廳的右邊也被啃去三分之一。

下午五點二十分「柚子」退屎糞外皮，變成翠綠的精靈，屎糞外套還丟在屁屁後面。

檸檬孵化成鳥糞

檸檬樹上蝶卵

晚上十一點「檸檬」將七樓啃得只剩葉軸，然後啃六樓。「柚子」繼續啃八樓，八樓已經被啃掉三分之二，連小廳都啃光。「柚子」習性是在一樓休息、八樓吃飯，一直重複這樣的動作，也就是說，無論「檸檬」或「柚子」都有良好的食性。

【添新樓】

五日下午一點十分，端來一枝茂盛的食樓（大廳十一公分乘八公分，心形小廳四公分乘三公分），將新樓擺放在舊食樓旁邊，刻意讓其中幾片葉子與舊葉相連，但直到晚上十一點都沒有誰搬遷新居。

牠們只愛嫩的，即便水分已經少一些或少很多，失水的嫩葉都比老葉來得強。這是「小鮮肉」理論嗎？

六日上午十一點再添新樓，新樓有十層，身長三點五公分的「柚子」已在新六樓大廳用餐，新四樓有被啃過不少的齒痕，因為新四樓是和舊八樓可銜接的樓層，「柚子」在舊八樓轉往新四樓，然後再往新六樓定居。

【檸檬摔下】

我將「檸檬」連牠扒著的舊廳一起搬到新樓，要移出外面拍照時，「檸檬」不慎重重摔下，摔得眾腳朝天，牠織在身體下面的白絲原來用來與樓廳相連，因為摔落而棉狀白絲撕扯開來。趕緊將「檸檬」扶到舊樓廳並和舊樓廳一起搬進新樓的五樓。

十一點半「檸檬」仍守著舊廳，想必牠鍾愛嫩些的食廳，所以我將脫落的舊廳保留下來，移進新樓間，讓「檸檬」多些選擇。

我試著觸摸「檸檬」，牠無動於衷；但是「柚子」就不同，每觸碰一次，就憤怒掀出嫩紅的警示角，散發強烈氣味，對我而言，那是帶著微甜的香味，只是味道濃烈到我的食指都被薰染了，幾個小時之後，食指間還瀰漫那股味道。

下午三點十五分看到「檸檬」並不青睞新樓，已經爬到之前加在新樓中間的舊樓餐廳用餐。

七日凌晨兩點十二分身長四點五公分的「檸檬」在三樓，牠已經將我之前加在新樓中間的舊樓大廳啃到剩下中軸，然後爬到三樓，吃掉三樓四分之一的大廳。身長三點九公分的「柚子」轉戰七樓，無論四樓、六樓或七樓都有「柚子」的戰跡。現在兩個可能都在睡了，觸碰都無反應。

上午十點四十五分，「檸檬」放棄吃一半的三樓，已經將我安置進去的舊葉啃去上半部。「柚子」還在七樓，七樓大廳已失去一半。

【檸檬成蛹】

下午六點半，「檸檬」橫貼在杯口，顏色變深綠，我以為牠要進入前蛹，杯口並不是理想位置，我每天都要取出大樓，換水，如果「檸檬」在此成蛹，不但妨礙我的例行工作，再怎麼說，選擇杯口成蛹也未免太不上道了。我飛快到頂樓將一盆長著榕樹與馬纓丹的盆栽拿下來，貼在牠們的樓房邊，希望牠們都能以自然優雅的姿態成蛹。花盆裡有三株大中小的榕樹苗，依序為三十六公分、二十六公分、十六公分；三株馬纓丹，依序為三十公分、二十四公分、十五公分。馬纓丹枝幹上密布細刺最不被我看好。

晚上八點半，「檸檬」爬到榕樹小幹，應該準備成蛹了。「柚子」還死忠地守在七樓，無論大廳或小廳都一一掃蕩。

九點，「柚子」放棄七樓，往九樓爬升；只是牠並沒有在九樓安

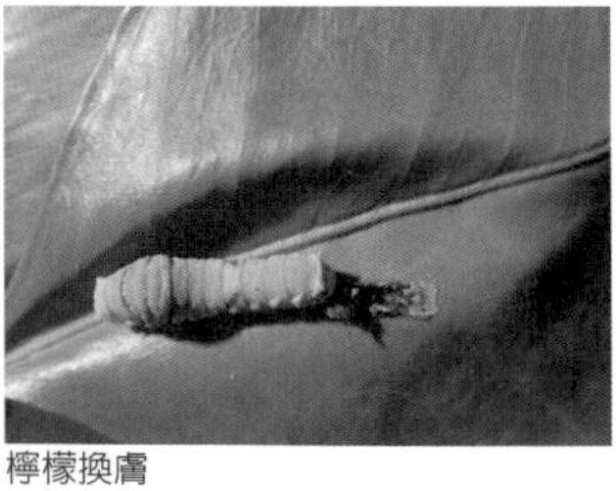
檸檬換膚

半夜檸檬遊走我的筆電

檸檬選成蛹地點

頓下來，只是上去探一探，就轉身往枝幹中央躺著。也不知道要去哪裡？就不動。九點四十分「柚子」在六樓用餐。十點半，「柚子」上到頂樓啃小廳。十一點五十七分，「柚子」啃光小廳的一邊，休息中。

八日凌晨十二點七分，「柚子」爬到大廳又轉身到中央主幹搜索下一餐的樓層。二十六分「柚子」回到六樓小廳用餐。

直到凌晨十二點二十七分「檸檬」還一直定在榕樹幹上。三十七分「檸檬」往榕樹幹高處爬行，身體微微顫抖，我想是前蛹的前兆，但是牠很挑剔地從中榕樹頂端繞下來，轉到大榕樹身上，往上尋尋覓覓，我給餐（柚葉）牠不領情。一點四分又開始爬，在馬纓丹最小株的上面。然而到一點十一分，「檸檬」已經探索過兩株榕樹

檸檬找樹

檸檬與柚子的食屋

檸檬與柚子的家

檸檬前蛹

檸檬成蛹

檸檬羽化

與兩株馬纓丹，停在中株馬纓丹下段，不斷抽搐，且又開始往上爬。我無法一一記綠，因為牠一下子在馬纓丹，一下子又下到盆裡攀爬在洋吊鐘小苗叢上，然後繞著盆口周圍，下到盆外往下直搗餐桌，橫越餐桌上的餐墊、電腦電線盒、電腦線、電腦後面的餐墊，我不知道牠到底想怎樣，索性把手放在餐墊上，牠果真在我手背與手臂上匍匐爬行，有點搔癢，然後牠下到餐墊，直接上到我的電腦鍵盤上面，大剌剌橫越。我想沒有幾個蝶嬰有這麼科技了。

凌晨兩點五十一分，我像保母一樣看護著「檸檬」這頑皮的孩子已經快兩個鐘頭；牠精力旺盛到處遊蕩，我有點懷疑是不是那天被我一摔，摔壞腦袋，否則怎麼這麼無法安定下來？我幾乎視線不離地盯著牠，剛剛一個疏忽，失去蹤影，害我桌上桌下鑽來鑽去，明明看見牠往ipad遊行，轉眼就不見了。當我正著急時，發現牠居然就在我座位前的餐墊上漫遊。我真想把牠關起來，否則看護一整晚也不是辦法。剛剛將牠引到萬年青上，牠爬到馬纓丹上面，待在哪裡已經快十分鐘，但搖頭晃腦，就是不安定下來。三點一分，又捲得像顆球，再度轉身。

也許因為燈亮著，「柚子」一直吃。

「檸檬」已經完全不進食，希望牠早點決定好位置，好好地蛻變才好。

牠們若拉長身體，可以有彈性地拉很長，我量的是牠們處於休息的最短身段。

三點八分「檸檬」在中株馬纓丹的中下段搖頭晃腦很久了，是不是正在抽絲纏身好定下來？三點十一分，我不想理牠了。

三點半洗澡時發現右手臂微微刺痛，白天並沒出去曬太陽，什麼時候曬痛？睡覺時才想起，剛剛讓「檸檬」在手臂上漫遊，會不會這孩子在我手背上留下什麼足以傷到皮膚的東西？

天亮起來，手臂猶微微刺痛。

上午十一點「檸檬」總算掛在馬纓丹隱密處曲成前蛹了。「柚子」在六樓用餐。

中午將掛在馬纓丹的「檸檬」前蛹與懸在六樓的「柚子」移到外面拍攝。

【檸檬羽化】

九日凌晨兩點四十五分「檸檬」後仰成蛹，淡綠色有點透明；「柚子」也掛在大株馬纓丹的下段靜止不動等待進入前蛹。

下午一點半「檸檬」的蛹從有點透明的淡綠色，轉成深綠色，在馬纓丹的同色葉子掩護下，幾乎無法辨識；「柚子」已弓身成前蛹。

七月十日，算時間「柚子」應該快要由前蛹化為蛹。原來前蛹期的牠成墨綠色，當要進到蛹之前，身體的顏色開始變化，從上往下轉成黃綠，再進入白黃綠，到灰白黃，當全身都變成灰白黃粉綠

左為成蛹的柚子，右為羽化的檸檬。

偏黃白灰時，原先靜止不動的彎曲身體，開始有些動靜，像死裡復生似的，輕微而間斷地微動。一點二十八分進入蠕動的高點。

二十日上午十一點四十分「檸檬」展翅起飛，向著有光的窗戶前去，但被玻璃阻隔出不去，在窗台上時而嘗試起飛，時而停在窗台基座搧動翅膀；我將借來的花盆移靠予牠，牠一點也不買帳，盡往向光處掙扎；我伸手過去，牠走上來移動幾步，旋往光源奔去。我很想放牠出去，但又有些捨不得。

本來想牠該吸花蜜，但牠一心向光。後來停在天花板電燈上面。我故意把窗簾拉上，燈關息，希望牠下來吸花蜜。

十二點十分，我奔上頂樓拿我們自己種的日日春和馬纓丹，也許鄰居的花真的好看不好吃。當然我順便也幫自己泡一壺茶，加上高纖穀物餅乾，好整以暇地等待。

【等待柚子】

我不知道「柚子」什麼時候要羽化，但是牠的蛹已開始轉褐，上面的掀蓋線也濕潤，應該不會太慢，所以我找出多年不用的腳架和雲台，裝好頭燈打算記錄一番。下午一點四十八分，「檸檬」還是停在天花板燈管下的細線上，牠至少在那裡已經一個多小時了。不吃不喝。

一點五十三分「柚子」的顏色越來越深，但毫無動靜。本來我今天應該努力準備明天長達四小時的演講，現在卻守在這裡不敢輕舉妄動。本來要整理「檸檬」、「柚子」的成長史予聽眾分享，才覺得缺少成蝶畫面不盡完滿，「檸檬」就讓我如願以償，真是萬幸。

「柚子」和「檸檬」化蛹的時間相距不到一天，我想牠們羽化的時間也應該不會離很久。兩點，我將「柚子」移到外面拍照，希望在牠羽化之前有個好紀錄。而「檸檬」還一直停在天花板的燈下，展翅靜止。四點三十七分，「檸檬」飛起來了，不理牠，最後牠居然仰著平躺在地上，我怕牠出問題，用手讓牠上來，然後放牠到日日春的花上，但牠並不想吸蜜，我將牠連花盆一齊端出外面，雖然蚊子很多，但為了救「檸檬」，我豁出去了，穿著超短的短褲任大蚊吸血。最後我端出水灑在「檸檬」身上，我想牠可能太乾渴了，果然沒幾下牠就飛走了。時間是下午五點十分。

檸檬飛走了。畢竟牠是屬於翱翔天空的精靈。展翅全長九公分，身體三公分，合翅四・五公分。

二十一日清晨五點二十分相機頭燈準備就緒，但「柚子」毫無動靜，我需要去睡了，天已亮，下午有四個小時的演講。

二十二日凌晨一點四十分「柚子」幾乎變成墨黑綠，還是沒動靜，一點四十五分還仰在那裡，只是全身都快變黑了。

上午九點我開始擔心「柚子」，剛才發現牠身上似乎有一隻小到不行的屍蟲爬過，三次湊近鼻子聞牠，似有似無的怪味，但又好像沒味道，如今牠幾乎快黑掉了，我只能安慰自己，牠比較慢，所謂大隻雞慢啼，也想到牠真正的身分是一隻黑色的鳳蝶，全身變黑是正常現象，但心境又像守著「植物人」。

明天下午我就要北上，如果牠不在這之前羽化，我是否該將牠帶在身邊？之前「檸檬」被我重摔過一次，都沒事。「柚子」一向沒問題，怎麼現在反而讓人擔心？

二十三日凌晨一點二十分「柚子」沒動靜。

二十八日下午從台北回來，發現「柚子」已全墨黑，且散發出濃濃屍臭味，我將其與盆栽移到外面，拍下最後身影。想著，是否將其掩埋？最後決定任其自然。

三十一日從阿里山下來，發現院子飛舞著美麗的黑鳳蝶，是「柚子」嗎？明知不是，我仍期許。進門第一件事，便是往頂樓探視「柚子」。此時柚子的蛹已空洞，蛹體被蟻族或其他蟲類蠶食精盡，遺下破洞的透明蛹殼。

喋喋不休

「哇！飛出來了！飛出來了！」家中時常迸出如此驚叫，引起驚叫的都是失蹤多時的蝶小孩。自從收養黑鳳蝶之後，養蝶儼然成了日常生活的一部分。一開始像新手媽媽，對孩子全神貫注總是難免，漸漸進入熟稔，精神隨之鬆懈，雖然還不至於「放牛吃草」，但是越來越知道為娘的拿捏與收放。

和所有媽媽一樣，我對自己養的孩子如數家珍。雖然這些蝶小孩不會繞在我身邊聽媽媽說從前，但每一個從前都印在腦海成為生活的甜蜜回憶。二〇一三年收養眾多蝶小孩，將牠們安養在花瓶裡的檸檬枝葉上。為了免除牠們成蛹前到處跟我躲貓貓，我將花瓶養在裝水的面盆中，形成孩子們的「護城湖」。這招管用，從此孩子安分地在我提供的場所完成重要的蛻變。但是很不幸地，有一隻居然「墜湖」，發現時已奄奄一息，我將直躺漂浮在水中的孩子撈起，死馬當活馬醫，小心翼翼地在牠胸部按壓，這種蝶式CPR居然管用，這孩子不但順利成蛹，也成功羽化。

有了這次教訓，我警覺心目中的「護城湖」事實上是監禁孩子的「監獄」，不但起不了保護作用，無形間增添危險。我深信孩子皆在視線範圍才安全，事實上這種安全準則只是當媽媽一廂情願，到底是為了孩子的安全，還是為了安媽媽的心?撤掉「護城湖」，還給孩子自由，雖然每每費神尋找蛹寶寶蹤影，但此一開放，反而讓我見識到孩子多采多姿的身影。「阿門」是讓我打開眼界的第一蝶。

二〇一四年五月底，阿門的娘相中盆栽橘子小苗，阿門孵化成鳥糞之後，我將盆栽迎入家中，不久橘葉被掃蕩精光，阿門失去蹤影，我深信牠不會走遠，但遍尋不著。三天三夜終於發現阿門掛在臥室門邊成蛹，蛹和門一樣的咖啡色，如此高明的環境保護色，難怪可以隱形到讓人視而不見。

二〇一四年，不到一個月，我收養了眾多「棄嬰」當中的六隻。三隻已成蛹，在預知其餘亦將化蛹前夕，我將遠遊，於是把六個「孩子」託給職教自然科學的趙老師。

雖然這一年我不能夠看到牠們翩翩飛翔的美麗身影，但是想到牠們將安然度過危機，蛻變成蝶，成為大自然的精靈，心裡就有諸多安慰。可以說，我的「孩子」都住豪宅，無拘無束，但是成蛹時一旦跟我躲貓貓，每每被我逮到時，總有意外的發現，阿萬、小喜、阿燕讓人印象深刻。

孩子成長位置通常在靠窗的大餐桌上，如此一來，牠們的食樓可行光合作用，永保新鮮，也方便我整理牠們的膳宿，除此之外我在用餐時能夠欣賞牠們，也容易隨時就近關心。

阿萬進門時獨享餐桌的位置，食樓還沒用盡就失蹤。經驗告訴我，牠躲去隱密處成蛹了。餐廳、客廳與廚房都無蹤跡，一個禮拜後才發現牠鑲在餐桌上萬年青的莖稈上。阿萬翠綠的蛹體，長在萬年青莖芽點，宛如萬年青的一部分。天衣無縫的組合，難怪明明近在咫尺，我卻視若無睹。

算準阿萬將羽化時，家裡沒人，出門之前我將萬年青與阿萬移至屋外遮雨的騎樓下。沒想到一個禮拜回來，阿萬不動如山。移入屋內繼續等候，一星期又一星期，香港的雨傘運動如火如荼，阿萬以不變應萬變；一星期又一星期，阿萬碧綠如玉。期間我多次出遠門，多次將牠移出移進，眼見阿萬的蛹期遠遠超出人家三個禮拜的期限，但我沒放棄，一個月又一個月，就在香港的雨傘運動最艱鉅的時候，阿萬蛹體由碧綠轉墨黑，應該是羽化前兆。可惜我無法徹夜守候。翌日，阿萬果真羽化成美麗的無尾鳳蝶。

至於小喜逃家之後，我在鞋櫃旁的鞋盒找到牠，彼時牠已進入前蛹。選擇火紅的鞋盒，我頗好奇，小喜的蛹難不成要化身為血紅色？小喜果真是高明的魔術師，前蛹期是墨綠色，進入成蛹時顏色逐漸轉紅，然後紅衣上再添黑白紋路，最後變成面目崢嶸的小惡魔。

掛在紅盒子上，為什麼要大費周章搞得那麼難看？原來紅盒子上有幾道黑筆畫過的字跡，小喜因為這樣，決定把自己寫成另一個字。只是字跡還真難看。阿燕就像所有的乖小孩一樣，沒什麼故事，牠循規蹈矩，始終以我提供的食樓為床，就連成蛹也在食屋上。牠成蛹之後，我信手將牠與食屋擺在裝燕麥的鐵罐旁，然後牠自己就玩起近朱者赤的遊戲，不到一天，蛹體染成燕麥罐的淡橘色。

收養蝴蝶五個年頭，「柚子」是唯一的例外。我等「柚子」羽化，等了十八天，不得不放棄。然而繼「柚子」之後，我的孩子羽化紀錄從三個月到七個月不等。

老虎吃素

二〇〇九年過完春節的年初四，我們到印尼。甫抵印尼我旋見到一隻吃素的蘇門答臘虎。

眾所周知老虎是肉食性動物，老虎為什麼會吃素?頗引人好奇！

經過半個月的探索，我總算知道這隻蘇門答臘虎為什麼會吃素。

屬貓科動物的老虎，是獨來獨往的猛獸，幼虎會跟在媽媽身邊，直到成年就與媽媽分開，過著自食其力的生活。在印尼的雨林中，豐碩繁多的野獸都是老虎的佳餚，在這裡威猛的老虎沒有天敵（除了人類）。

我所認識的這隻蘇門答臘虎成年之後，離開媽媽，開始自己覓食不久；有一回和往常一樣，老虎在雨林中狩獵，但不知怎麼地，一連數週，都無所獲。一天飢餓的老虎，在太陽即將謝幕的黃昏，極為喪志地遊走在溪谷旁，就在恍惚中，突然被狠狠地襲擊。被驚嚇的老虎，猛然逃入樹林裡。

好奇的老虎，很想知道，誰膽敢襲擊沒有天敵的老虎？

於是老虎回頭，仗著樹林的掩護，往被襲擊的地方掃描，雨林中並沒有發生巨大的騷擾，除了老虎之外，其他動物似乎沒受到任何影響，蟲鳴鳥啼、猿聲喧囂。然而，老虎靈敏的嗅覺，嗅到陣陣甜臭的香氣，這味道讓原已飢餓的老虎，更為飢渴。氣味來自老虎被襲擊的位置，老虎小心翼翼地循味而至。

味道來自一顆碩大的果實，那就是適才襲擊老虎的東西，直徑將近一尺，不規則的長橢圓形，堅厚的果皮外面滿是突起的三角形尖菱。被這麼笨重銳利的東西襲擊，難怪老虎被嚇到。

這顆碩大的果實已成熟裂開，果實間瓣，包夾著種籽，扁形種籽外面裹著柔軟且味道濃郁的果肉；人們把這東西叫榴槤。

老虎靠近成熟裂開的榴槤，膽大心細地舔了那淡黃乳白的果肉，哇！味道真是香甜，老虎張開大口，將果肉含在嘴裡，黏性多汁、酥軟味甜的榴槤，瞬間征服了老虎的味蕾。老虎卸下心防，坐下來，安心地大啖，這是老虎挨餓數週以來的第一餐。然而，正當老虎專注於解饞止渴中，砰一聲，冷不防又被襲擊一次。老虎本能地躍起逃入樹林隱密處。但和之前一樣，森林並沒有受到騷擾，只是先前濃郁果肉甜香味在溪谷畔更為濃烈。

老虎再度小心翼翼地循味而至，在其被襲擊處又多出一粒成熟裂開的榴槤，當牠靠近想再享受

作者於印尼熱帶雨林。陳玉峯／攝

佳餚之前，牠昂首環境四周，深怕再有一次的襲擊，就在牠抬頭向上時，一粒厚重的榴槤，從天而降，老虎機靈地閃開，榴槤直接墜地，迅即裂開。

聰明的老虎終於明白，之前偷襲牠的就是這自投羅網的美食。於是牠將榴槤咬離現場，安心地享用得來全不費功夫的餐點。約莫吃了三粒榴槤，老虎幾週來的飢餓感已除去。

原來榴槤營養豐富，據說一百克榴槤中含有熱量一百五十三卡路里、蛋白質二・六克、脂肪三・四克、糖類二十七・九克、維生素B二十・一三毫克、維生素C二十三・三毫克，還有許多微量元素。原產東南亞，有「果王」之稱的榴槤，樹高十五至二十米，是巨型的熱帶常綠喬木。

從那時候起，這隻蘇門答臘虎就以守株待兔的方式，停留在榴槤樹下，一連三個多月，蘇門答臘虎都不用狩獵，只要循著榴槤所發出的特殊氣味，便能滿足口腹之慾，久而久之，這隻蘇門答臘虎逐漸改變食性，從肉食性動物，變成素食。

也就是從那時候起，每年只要榴槤成熟時，人們便能發現老虎的蹤跡。

跋

斷髮重生

這輩子最常被問到的問題是：「為什麼要留頭髮？留幾年了？」

我被問到啞口無言，因為我並沒有留髮。

「沒留！怎麼會那麼長?!」人們望著我過膝及小腿肚的長髮問。

事實上，頭髮不需要留，只要不剪。

人們還會問，一頭烏黑柔亮、不毛燥不分叉的長髮，是怎麼保養的？

我也不懂為什麼需要「保養」與「護髮」？因為不去干擾頭髮，忠於毛髮的自然原貌，自然就能保持烏黑柔亮的髮質。這就如同一片原始森林，只要人們不去騷擾，任其自然，就不需要「保護」。

而今我們不僅要保護森林，還要搶救森林，特別是熱帶雨林！

二〇〇八年深秋，張老師帶著來自印尼的釋學源法師到台中。我見到渾圓的法師，聽他敘述搶救熱帶雨林的決心，禁不住，狐疑地望著他原始殆盡的光明頂，不置可否。

二〇〇九年，過完年的初四，隨張老師啟程前往印尼。再見法師，那原先圓胖的臉，清新許多，且較之前有氣色多了，原來他甫閉關三個月出來。其實雨林怎麼搶救？讓雨林閉關，隔離人類的干擾，就是最好的搶救，眼前法師正是最好的例證！

猶記二十多年前，拒絕購買來自雨林產品的口號在全球喊得震天價響，我也不落人後「舉香隨拜」，只是當年隱約知道，所謂熱帶雨林乃地球之肺，但對於雨林的內容則一知半解，且遙不可及，甚至於披著神祕面紗；這就如同今日絕大多數人，對於全球暖化的生態問題，已然有所警覺，但是真正的環境問題，卻依然隔著層層蒙昧無知的關卡。

慶幸地，我非但有幸多次聆聽與閱讀「雨林」，更親自踏入雨林，體會那既單調卻又繁榮到不行的生命樣貌。

只是萬萬沒料到，最後一天勘查紅樹林時，不意啟動的馬達，驟然將我長髮捲入船底下的轉軸。

在印尼急救之後，返抵台灣，張老師旋引見精通漢療的長老，「這款意外，十人有十一個無命！妳一定平常積德真多，要不，沒那麼幸運！」長老聆聽意外經過，診斷之後說。

這不禁提醒了我，過去二十多年來，我不斷為台灣生態環境奔波，甚至於在一九九八年至二〇〇四年期間，為搶救台灣原始檜木林，正面與政商財閥暨學閥對峙，數度準備好將女兒託孤，唯有無後顧之憂，放手一搏，才能挽救生養我們的母土。

二〇〇九年，眼見培育多年的環境種籽已在台灣各處萌芽，我的步履也邁向全球。這就如同我封存良久的長髮，總有一天，上天將賦予新的命題。或許這就是「斷髮重生」或「落髮重生」的生命意境。

至於我業已支離破碎的頭髮，就放任自然。一趟印尼行，是因緣，即便演出驚心動魄的「落髮」，終究要回到月落與日落的自己。

回到自己，是多麼單純卻艱鉅的歷程。

有道是「人在江湖身不由己」，重點是，這個江湖是自己的江湖，或是別人的江湖？而江湖的邊界，究竟在哪裡？

二〇〇九年至今，於完成撰寫二十二個年頭的阿里山百年書《阿里山物語》之後，踩踏歷史與地理，任由時空駕馭體能的向度，展開無止境的自我探索，搖擺在有所為與有所不為之間。

國家圖書館出版品預行編目資料

大地的掌紋／陳月霞著. -- 初版. -- 臺北市：
九歌，2017.09
240面；14.8×21公分. --（九歌文庫；
1265）
ISBN 978-986-450-143-4（平裝）
855　　106013519

九歌文庫1265

大地的掌紋

作者　陳月霞
攝影　陳月霞
責任編輯　張晶惠
創辦人　蔡文甫
發行人　蔡澤玉
出版發行　九歌出版社有限公司
台北市105八德路3段12巷57弄40號
電話／02-25776564・傳真／02-25789205
郵政劃撥／0112295-1
九歌文學網　www.chiuko.com.tw
排版　綠貝殼資訊有限公司
印刷　前進彩藝有限公司
法律顧問　龍躍天律師・蕭雄淋律師・董安丹律師
初版　2017年9月
定價　320元

書號　F1265
ISBN　978-986-450-143-4（平裝）
（缺頁、破損或裝訂錯誤，請寄回本公司更換）